나를 좋아하는 건 너뿐이냐 ⑫

"좋!
지·금·은·나!"

"로맨틱한 재회를
기대했나요?"
라일락 / 카시바나 히노토
조금 남자 같은 이름이지만, 틀림없는 여자. 나와 히마와리의 초등학교 때 동급생으로, 지금은 홋카이도에서 살고 있다. 별명의 유래는 이름 카시바나(香紫花) 히노토(丁)를 재배열하면 '라일락(紫丁香花)'이 되기 때문에. 참고로 나는 '라이'라고 불렀다.

코스모스 / 아키노 사쿠라
학생회장. 겉으로는 쿨하지만, 사실은 꽤나 덜렁대고 소녀틱.
탄포포 / 카마타 키미에
야구부의 매니저로 1학년. 현재 회전초밥집에서 폭식 중.
츠바키 / 요우키 치하루
내가 아르바이트하는 '따끈따끈한 튀김꼬치 가게'의 점장. 히이라기와는 소꿉친구.
히마와리 / 히나타 아오이
내 소꿉친구로, 운동 신경만큼은 뛰어난 무자각 bitch.
아스나로 / 하네타치 히나
신문부의 민완 편집부원. 허둥대면 사투리가 튀어나온다.

히이라기 / 모토키 치후유
2학기부터 니시키즈타 고등학교에
입학한 전학생. 츠바키와 소꿉친구.
팬지 / 산쇼쿠인 스미레코
어째서인지 나에게만 독설을 퍼붓는,
양갈래로 땋은 머리에 안경을
낀 도서실의 주인.
프리뮬러 / 사오토메 사쿠라
소프트볼부 2학년. 체육계가 중심인
통칭 '허슬 그룹'을 이끈다.
사잔카 / 마야마 아사카
좀 노는 애였다. 지금은 청초한 껍질을
뒤집어썼지만, 사실은 야수에 카리스마
그룹의 리더 같은 존재.

"와아!
잘 탈 수
있게 됐어!
나
대단해?"

"효오오오오오! 누가 좀 세워…! 우보보보봇…!"
죠로 / 키사라기 아마츠유
안녕하세요, 최근 연속으로 컬러에 등장하고 있는 주인공입니다(하지만 구르고 있으니까 얼굴을 보여 줄 수 없나!).
"그러니까 히마는 이제 혼자라도 괜찮아! …자, 슬슬 초심자 코스는 질렸지?"

contents

12
나를 좋아하는
건 너
뿐이냐
You're the
only one
who likes
me
라쿠다 지음
브리키 일러스트
eXtreme novel

"자, 문제입니다. 나는 대체 누구일까요?

"어? 아니, 저기…."

눈처럼 하얀 피부. 살짝 홍조를 띤 뺨. 아름다운 곡선을 그리는 몸매. 긴 속눈썹을 살짝살짝 깜박이면서 나를 바라보는, 어딘가 장난스러운 눈동자.

마치 그림에서 튀어나왔나 싶은 미녀가 내 팔을 부드럽게 감싸듯이 껴안고, 하얀 숨결과 함께 달콤하게 속삭였다.

"째깍… 째깍…."

삿포로 시계탑 앞에서 시곗바늘 소리 같은 음을 내면서, 미녀는 고개를 좌우로 흔들었다.

뺨에 와 닿는 머리카락. 달콤하게 다가오는 고급스러운 샴푸 향기.

그것들이 내 사고력을 빼앗고, 그저 혼란과 긴장만이 늘어 갔다.

쌓이는 눈. 기온은 영하 일보 직전.

그런데도 내 온몸은 한여름의 태양 아래에 서 있는 것처럼 열기를 띠고 있었다.

"네, 타임 오버."

팔을 껴안은 힘이 살짝 강해졌다.

더는 놓지 않는다…. 이제 떨어지지 않는다….

그 미녀는 말이 아니라 몸으로 내게 전하는 듯했다….

"그럼 정답은…."
아주 살짝 젖은 입술이 서서히 내게 다가왔다.
그 입술이 내 시야에서 사라지자,

"당신을 정말 좋아하는 여자입니다."

뺨에 부드러운 감촉을 전해 왔다….

제 1 장

내 주위는 여러모로 변화했다

서서히 쌀쌀한 느낌이 들기 시작한, 겨울이 다가왔음을 느끼게 하는 11월 하순의 월요일.

요란제라는 빅 이벤트를 마친 뒤, 내 주위에서는 여러 가지로 큰 변화가 일어났다.

"츠바키 님, 봐 주세요! 이 신속한 설거지 솜씨를! 반짝반짝합니다! 반짝반짝!"

"응. 그래. 탄포포가 일해 줘서 큰 도움이 되었달까."

"주문, 받아 왔어! 어어, 일단 음료가 우롱차랑 생맥… 우와! 벌써 준비됐잖아! 여전히 츠바키찌네 가게 사람들은 대단하네! 그럼 얼른…."

"좋아! 음료를 나르는 건 나한테 맡겨, 체리!"

"왓! 카네모토 씨, 그건 내가…. 벌써 갔어!"

현재 위치는 내가 아르바이트하는 곳 '따끈따끈한 튀김꼬치 가게'. 주방에 울리는 낯선 목소리 둘.

그것은 야구부의 매니저이자 바보를 관장하는 바보신 탄포포—카마타 키미에와 토쇼부 고등학교의 **이전** 학생회장이자 덤벙쟁이를 관장하는 덤벙쟁이신 체리—사쿠라바라 모모의 것이다.

이미 눈치챘을 거라 생각하지만, 이 두 사람… 탄포포는 임시 아르바이트생으로, 체리는 정식 아르바이트생으로 나와 함께 '따끈따끈한 튀김꼬치 가게'에서 일하기 시작했다.

"우와아아! 이런 곳에 갤럭시하게 귀여운 천사가 있습니다! 대체 이 아이는 누구… 오오오옷! 반짝반짝한 접시에 비친 탄포포가 아닙니까~!"

여전히 바보로군. 틀림없이 바보다.

"하지만 이렇게 완벽한 저를 비춰 낼 정도로 반짝반짝한 당신도 충분히 대단합니다! 특별히 당신에게는 탄포포가 반짝반짝 천사 '피카엘'이라는 이름을 내리도록 하겠습니다! 우훗!"

자기가 닦은 접시에게 말을 걸면서 이름까지 붙이기 시작했다.

슬슬 본격적으로 맛이 갔나? 아니, 원래부터 그랬지.

피카엘이 꽤나 마음에 들었는지, 물기를 꼼꼼하게 행주로 닦아 낸 뒤에 자기 곁에 배치하기까지 했다.

"저기, 탄포포찌! 나 잠깐 시간이 남았으니까 설거지를 거들…."

"다, 다가오지 마세요! 악마바라 선배는 저어어어어얼대로 다가오지 마세요! 저는 여기서 피카엘과 둘이서 열심히 설거지할 겁니다! 으르르르릉…."

"아차…. 탄포포찌는 여전하네…."

긍정성이 옷을 입고 다닌다고 표현할 탄포포에게 이 정도로 두려움을 안겨 주다니….

체리의 힘을 살짝 엿보게 되는 순간이로군.

악마바라 선배라고 불리는구나…. 그 마음은 모를 것도 아니지만.

"중학생 때부터 나를 안 따랐거든~ 왜일까?"

네가 덤벙대니까 그렇지. 중학생 때, 네 실수에 탄포포가 고생 깨나 했다고 전에 후우가 그랬어. 자세히는 모르지만.

"체리 씨. 지금은 바쁜 시간이니까 익숙하지 않은 일보다는 익숙해진 주문 받기에 전념하는 편이 좋지 않을까. 설거지는 어렵고."

"아! 역시 어렵구나! 어쩐지 초심자인 내가 조금 깨 먹는다 했어!"

"응. **체리 씨가 많이** 깨 먹는 건 어쩔 수 없달까."

"다행이다~! 그 말을 듣고 안심했어! 고마워, 츠바키찌!"

어른스럽게 대응하면서도 '초심자'를 '체리'로, '조금'을 '많이'로 정정하는 신랄한 츠바키 씨였습니다. 체리는 전혀 모르는 눈치지만.

"하지만 어렵다고 해서 계속 못하는 채로 있을 순 없잖아! 그런고로."

"나도 츠바키에게 찬성! 설거지는 여름 방학 때 경험해서 익숙한 탄포포에게 맡기고, 바쁜 시간에 체리는 주문 받기에 전념해 주면 고맙겠어! 손님들도 체리가 귀엽다고 칭찬이 자자하고!"

"어?! 그런가요! 우와아! 기쁘네요!"

순식간에 음료를 전달하고 주방으로 돌아온 것은 아르바이트 동료 모두가 참가하는 볼링 대회를 호시탐탐 노리는 아르바이트

리더 카네모토 씨. 또한 그 말 자체는 꼭 틀린 것도 아니다. 체리는 덜렁대긴 하지만 미소녀다. 그러니까 덜렁쟁이 신인으로 단골들에게서 꽤나 평판이 좋았다.

"응! 체리의 미소를 보면 기운이 나지! 그럼 지금은 주문을 받아 줄 수 있을까? 다른 일은 조금 정리된 뒤에 **키사라기 군이** 잘 가르쳐 줄 테니까!"

"네~! 알겠습니다!"

도와주면서도 귀찮은 일은 착실하게 나에게 패스. 약삭빠르다.

"키사라기 군은 요리 준비가 되면 3번 테이블에 가져다줘! 그리고 손님들이 좀 빠지면 천연위험… 아니, 체리에게 일을 가르쳐 주고!"

그렇게까지 말해 놓고 정정해 봤자 헛일이라고 생각하는데요, 카네모토 씨.

하아…. 아르바이트 세계에서 가장 위대한, 주말이고 공휴일이고 없이 일하는 아르바이트 리더에게 거스를 권리 같은 건 내게 없고.

"…네. 알겠습니다."

신인 연수, 고생 좀 하겠군….

손님의 파도가 물러가고, 좀 여유를 되찾은 가게.

홀 쪽은 카네모토 씨에게 맡기고, 좀 전의 지시에 따라서 나는….

“자, 새로운 일 가르쳐 줘! 죠로찌!”

이 ‘천연위험물’에게 일을 가르쳐 줄 시간이 되었다…. 하아….

“그렇군요. 그럼 일단은 이 아르바이트에서 가장 중요하다고 할 수 있는… 무릎을 확실히 펴고 뒤꿈치부터 착지해서 발바닥으로 지면을 딛는 연습부터….”

“죠로찌! 내가 남들보다 아주 조금 잘 넘어진다고 해도 너무 놀리는 거 아냐?”

아주 조금? 오늘만 해도 이미 다섯 번은 넘어진 당신이, 아주 조금?

“다른 일! 난 주문 받는 거랑 청소밖에 못 배웠으니까, 다른 거 하고 싶어!”

덜렁대는 주제에 자존심만큼은 세단 말이야….

“…알겠습니다. 그럼 오늘은 비교적 안전한 재고 확인과 보충에 대해 가르칠 테니까요.”

“우우~…. 뭔가 걸리는 말이 있는 것 같지만, 알았어! 나, 열심히 할게!”

새로운 것을 배울 수 있기 때문일까 어린애처럼 신이 난 모습은 귀엽지만, 어린애보다 훨씬 위험한 게 고민거리로군….

"그렇긴 해도 놀랐어요. 설마 체리 씨가 여기서 일하다니."

"우히히! 나는 이제 졸업이니까! 마지막 봄 방학에 실컷 놀기 위해서, 지금부터 돈을 잔뜩 모아 둘 거야! …아, 돼지고기가 모자랄 것 같으니까 해동시켜 둘게!"

주방의 재고 확인 & 보충을 하면서 가벼운 잡담.

본래 3학년은 대학 입시라는 커다란 관문이 기다리고 있으니 이 시기부터 아르바이트를 시작하는 건 말도 안 되는 소리지만, 체리는 예외. 사실을 말하자면 이 여자, 덤벙대긴 해도 성적은 꽤나 우수하다. 더불어 토쇼부 고등학교에서 학생회장을 맡았다는 경력도 있다.

그것들이 더해진 내신 점수를 이용해 한발 먼저 추천 입학으로 입시를 끝내 버린 것이다.

그러니까 본래 입시 준비에 전념해야 할 예정이던 시간을 사용해 아르바이트.

참고로 근처에 추천 입시를 끝내 버린 녀석이 또 한 명 있어서….

"있잖아. 코스모스찌는 어떻게 됐어? 나랑 마찬가지로 추천 입학이었지?"

"네. 코스모스도 추천 입학으로 희망하던 대학에 합격했죠."

우리 쪽의 **이전** 학생회장도 추천 입학으로 무사히 희망하던 의대에 합격했다.

일루미네이션 사건 때는 추천 입학이 날아가기 일보 직전까지 가는 바람에, 코스모스가 합격했다는 걸 알았을 때는 내 일처럼 기뻤다.

"다행이다~! 나만 합격하고 코스모스찌가 불합격이었으면… 어라? 지금 죠로찌가 코스모스찌를…. 아하! 토쇼부도 그렇지만, 니시키즈타도 세대교체가 끝났구나! 그래서 그렇게 부르는구나! 우히히히!"

덤벙대는 주제에 이런 쪽으로는 눈치도 빠르군.

"뭐, 본인이 그렇게 불러 달라고 해서…."

"아하하! 그래! 나는 코스모스찌의 마음을 알겠어! 자기만 3학년이라서 조금 외로우니까!"

그런 모양이야. 코스모스도 곧잘 그것에 대해 불만을 흘렸지.

"특히나 외로운 건 수학여행! 다들 없어지니까, 혼자만 남아 있는 게 힘들지~! 물론 동급생 친구는 있지만!"

"그렇죠…. 보통은 그렇게 얌전히 기다리죠…."

"어라? 죠로찌, 왠지 우울한 표정이 되지 않았어?"

"아뇨, 그런 일 없습니다."

목하, 수학여행 관련으로 문제가 하나 발생해서…. 그것에 대해서는 이따가 또.

"좋아! 이쪽 재고 확인과 보충은 끝났어! 그럼 다음은?"

"그렇군요, 그럼… 주방의 조미료를 보충할까요. …부디 소금과 설탕을 헷갈리지 않도록 해 주세요."

"그런 초보적인 실수, 안 한다니까! 그러니까 안심해도 괜찮아!"

즉 더 심한 실수를 한다는 소리로군. 한순간도 마음을 놓을 수 없어….

"…후훗! 아르바이트는 신선하고 재미있어!"

소스를 보충하면서 꽤나 밝게 말하는 체리.

나로서도 체리가 여기서 같이 일하는 건 꽤나 신선한 느낌이다.

"체리 씨는 지금까지 아르바이트를 한 적 없었습니까?"

"그렇지~! 전까지는 학생회장 일을 했고… 그 이외의 시간은… 저기, 도서실 일을 거들었으니까…. 아하하…."

이런. 그럴 생각은 없었지만, 괜한 기억을 되살아나게 만들었군….

체리의 표정이 어두워진 것은 요란제 직후에 있었던 커다란 변화가 원인이다.

그 변화란 지금까지 '소꿉친구'였던 두 사람의 관계가 '연인'으로 진전된 것.

이것만 들으면 경사스러운 일이지만, 체리에게는 그렇지 않다.

그 변화의 대가로 체리의 인연은 소멸하고 말았으니까….

"역시, 뭐라고 할까, 전처럼 말하기 어려워서…. 무, 물론! 싫은 건 아니거든? 하지만 복잡한 기분이라서…. 실은 요란제 이후로 한 번도 이야기를 못했어…. 아, 츠키미찌랑 후우랑은 평범하게 이야기해!"

체리의 소중한 인연이 완전히 소멸하지 않아서 다행이라고 안심하는 반면, 복잡한 마음도 생겨났다. 역시 지금은 오스트레일리아에 있는 **그 남자**와의 인연은 소멸한 상태인가….

"체리 씨라면 친구로서 친하게 지낼 수 있지 않나요?"

"그렇게 간단히 되는 게 아니잖아…."

그렇지…. 지금까지 계속 좋아했던 녀석에게 연인이 생겼다고 그렇게 쉽사리 체념하고 마음을 '친구'로 바꿀 수 있을 리 없나….

"아, 그렇게 슬픈 얼굴 하지 마! 나는 괜찮으니까, 걱정 안 해도 돼! 그보다도 죠로찌는 자기 일을 신경 써야지! 큰일이 있잖아?"

소스의 보충을 마치고 소금을 채워넣으면서 활짝 웃는 체리.

"내가 큰일? 그건…."

"모두랑 약속했잖아?"

체리, 그 이야기를 알고 있나….

"…네. '2학기가 끝날 때에 한 명에게만 마음을 전한다'고 약속했습니다."

"어! 그런 약속이야?!"

그렇게 놀랄 만한 내용인가? 우리의 현황을 생각하면 최선의 약속이라고 생각하는데….

"으음…. 그건 안 된다고 생각하지만… 뭐! 죠로찌네가 그렇게 정했다면 내가 괜한 소리해선 안 되겠지!"

꽤나 재미없다고 할까, 불만이라는 목소리로군. 뒷부분은 평소랑 같지만.

"무슨 의미입니까?"

"비밀! 지금 괜한 소리는 안 한다고 했고!"

꽤나 중요한 부분을 슬쩍 넘기는 바람에 조금 답… 아니, **많이 답답**하다.

솔직히 무서울 정도로 불안이 감도는군. 이거 틀린 걸지도 모르겠어….

"그렇게 어두운 얼굴 안 해도 되니까! 어떻게든 돌아가게 되어 있어!"

아니, 어떻게든 안 되겠지….

"게다가 나는 죠로찌에게 무슨 일이 있더라도 여기서 같이 일하는 알바 동료잖아! 그러니까 안심해!"

"…고맙습니다."

"우히히! 무슨 소리! 나는 마음 착하고 든든한 연상의 누나니까!"

그렇지. 남을 놀리는 걸 조금 좋아하는 마음 착한 누나야.

다만….

"좋았어! 조금만 더하면 소금 보충이…."

"체리 씨, 그거 밀가루입니다."

선언한 대로 소금과 설탕을 헷갈리는 것보다도 훨씬 레벨 높은 실수를 저질렀군….

시야가 너무 뿌옇고, 상황을 이해했을 때에는 무서울 정도로 불안이 격해졌다.

하아…. 이거 틀린 걸지도 모르겠어….

"우왓! 와와앗! 죠로찌, 어쩌지~…."

봐. 어떻게든 안 된다니까.

"진정하고 안의 것을 덜어 내세요. 알았죠? 천천히 하세요? 진짜로 천천히, 신중하게 하세요? 여기에는 불이 있으니까요."

배틀 애니메이션에서 흔히 등장하는, 모두가 좋아하는 분진 폭발을 이 가게에서 일으킬 수는 없으니까.

체리를 든든한 연상의 누나라고 생각하게 되는 노정은 아직도 먼 것 같다.

"좋았어! 조금 실수를 했지만, 이번에야말로 보충은 끝났어!"

너의 '조금'은 상식의 열 배 정도 되는구나.

무슨 잣대로 재는지 정말로 궁금하다.

"그럼 다음은?"

"그렇군요…. 그럼…."

얌전히 체리가 익숙한 청소나 하게 해? 그거라면 약간의 피해만으로 끝나고.

"아! 그렇지! 탄포포찌와의 관계가 이 상태인 것은 재미없고, 이 기회를 살려서 친해져야지! 그런고로…."

천연위험물 씨, 당신은 웃는 얼굴로 무슨 소리를 지껄이며 이동을 시작하시려는 겁니까?

그쪽에 있는 건 설거지대입니다만?

"우후후후! 어떤가요, 피카엘? 피카핌과 피카트론과 친해졌나요? 이제 곧 새로운 친구가 생길 테니까요~ 우후후훙!"

탄포포, 지금 당장 도망쳐!! 느긋하게 반짝반짝 천사를 양산하고 있을 때가 아니니까!

"탄포포찌~ 나도 설거지 할래! 같이 열심히 해 보자!"

"효왓! 악마바라 선배가 천진무구하게 웃으면서 이쪽으로 다가오고 있습니다! 아, 안 됩니다! 당신은 이쪽으로 오지 마세요! 여기는 저 혼자서 할 테니까요!"

"아하하! 사양 안 해도 괜찮아!"

"괘, 괜찮지 않습니다! 히이이익! 누가… 누가 도와주세요오오오오!!"

평소에는 얼토당토않은 짓 담당인 탄포포가 완전히 쫄았군….

그 마음은 잘 알겠는데, 아니, 체리, 진짜로 좀 멈춰 봐.

"그렇게 겁먹지 마! 자, 지금은 한가하니 같이… 우꺄아아아!"

예상대로 아무것도 없는 곳에서 넘어진 체리는 그대로 탄포포 쪽으로 다이브.

"…토옷! 좋았어, 멈췄다!"

오옷! 설거지대를 붙잡고 간신히 넘어지지 않을 수… 있었는데….

"효오오오오오!! 피카핌! 피카트론! 피카에에에에에엘!"

그 대가로 반짝반짝 천사들이 악마의 손에 산산이 박살난 것이었다….

"미, 미안해, 탄포포찌! 내 부주의로…."

"피카엘이, 피카엘이~…. 제 천사들이 보기에도 무참한 키사라기 선배의 안면갑이 되었습니다~! 후에에에엥!"

"이걸로 서른 장. 가게의 기록 갱신은 계속될까…."

음, 왠지 아주 귀찮은 상황이니, 나는 내 일에 전념하기로 할까.

탄포포에게 조금 동정이 갔지만, 마지막에 한 말 때문에 단숨에 그 마음이 사라졌어.

"히익! 히익! 우우우… 이러니까 악마바라 선배는 무섭습니다! 하지만 저는 질 수 없어요! 열심히 접시를 닦아서 반드시 도달하고 말 테니까요! 우후후훗!"

아무래도 좋은데, 왜 탄포포는 야구부로 바쁠 텐데 임시 아르바이트를 시작했지?

가지고 싶은 거라도 있나? 수수께끼로군.

※

다음 날.

요란제 때는 도서실에 거의 사람이 오지 않았지만, 어디까지나 그건 요란제 기간이었으니까.

다시 활기를 되찾은 도서실에는 많은 학생들이 찾아와서 오늘도 대성황이다. …다만 나는 휴식 시간에 돌입했기에 지금은 느긋하고 평화롭게….

"죠로! 오늘이야말로 승낙을 받아 낼 테니까!"

"그래! 그렇게 떼쓰면 안 돼!"

보낼 수 없다는 것이 정말로 큰 고민이다.

내 좌우에 각자 앉아서 꽤나 날카로운 시선으로 노려보는 것은 이전 학생회장인 코스모스—아키노 사쿠라와 츠바키의 소꿉친구인 히이라기—모토키 치후유. 코스모스의 한 손에는 애용하는 코스모스 노트가, 히이라기의 한 손에는 삿포로의 가이드북이 쥐어져 있었다.

하아…. 오늘도 이 녀석들을 상대해야만 하나….

사실을 말하자면, 최근 코스모스와 히이라기가 나에게 끈덕지게 하는 이야기가 있다.

그래서 그게 뭐냐 하면….

"이제 그만 내 수학여행 참가를 인정해!"

라는 것이다.

설마 자기만 수학여행에 따라갈 수 없는 게 싫다는 이유로, 3학년인데도 불구하고 참가를 노리다니…. 학생회의 세대교체가 끝난 뒤로 코스모스의 바보화가 심각해서 큰일이다.

"그래! 코스모스 선배가 없어지면 큰일이야! 홋카이도라는 이국에는 위험이 가득해! 철벽에 철벽을 쌓지 않으면 죽어!"

닥쳐라, 낯가림. 애초에 홋카이도는 일본이다.

하아…. 오늘 도서실의 휴식 시간은 코스모스와 히이라기… 거기에 히마와리와 함께였으니까, 또 이 이야기가 나올 거라고 생각했지만 역시나다. 정말로 좀 포기해라.

"저기 말이죠, 코스모스 회…."

"호칭! 그리고 말투도 아냐!"

뚱한 얼굴을 하며 정면에서 클레임을 날리는 코스모스.

아직 다른 사람이 있는 곳에서 부르는 것은 익숙지 않은데….

"저기, 코스모스…."

"응! 왜?"

정정하자 활짝 밝은 표정으로 돌아와서 나를 바라보았다.

…이것도 우리 사이에서 일어난 하나의 변화다.

코스모스는 얼마 전에 무사히 임기를 마치고 학생회장이라는 역할을 후배에게 넘겼다.

그때 '이제 나는 코스모스 **회장**이 아냐. 그러니까 그렇게 부르지 말아 줘. …그, 그리고 가능하면 말투도… 다른 사람하고 같은 게 좋아'라고 내게 부탁했다.

꽤나 귀여운 표정으로 매달리듯이 말하니까 무심코 나는 승낙.

결과적으로 나는 코스모스를 '코스모스'라고 부르고, 경어도 그만두게 되었다.

"죠로! 왜 아무 말 않는 거야!"

어차, 이런. 무심코 어디의 누구인지 모르는 사람에게 설명하는 것에 정신이 나가서 코스모스에게 대답을 하지 않았군. 나도 참 덜렁대긴. …자, 귀찮기 짝이 없지만 여기서는 최근의 단골 이벤트, '코스모스 수학여행 참가 대작전'을 오늘도 저지해 보도록 할까.

"전부터 말했지만, 수학여행으로 삿포로에 가는 건 2학년뿐이야. 그러니까 코스모스는 오지 마."

"훗…. 그렇게 말할 줄 알았어…."

그 의기양양한 얼굴은 뭐야?

"죠로는 우리를 과소평가하고 있어! 우리 실력을 보여 주겠어!"

타당한 평가를 했다는 생각밖에 안 드는데.

"그런고로 첫 작전이야! 죠로를 기분 좋게 만들기 위해 닭꼬치를 줄게~! 아주아주 맛있으니까 많이 먹어! 얼른얼른!"

입에 닭꼬치를 마구마구 밀어 넣어 댄다. 맛있지만 귀찮다.

"이어아오 에오… 우움. 이런다고 해도 내 의견은 바뀌지 않아."

"죠로는 멍청해! 이건 어디까지나 작전의 제1단계! 이제부터가 우리 작전의 진수야! …자, 코스모스 선배! 뒷일은 전부 맡길게~!"

진수가 발동하는 동시에 전선을 이탈하지 마, 멍청한 놈.

"맡겨 줘, 히이라기! 그럼… 어흠!"

왠지 으리으리하게 헛기침을 하는군. 그 동작이 조금 바보 같다.

"짜잔! 죠로, 이걸 봐 줘!"

애용하는 코스모스 노트를 펼치고 몸을 내게 밀착시키는 코스모스. 나이에 어울리지 않는 티 없는 미소와는 반대로 떠도는 고급스럽고 어른스러운 향기.

이 녀석, 일부러지? 아니, 그렇게 재주 있는 녀석이 아니다.

"죠로의 '수학여행은 2학년이 가는 것'이라는 이야기 말인데, 맞는 말이야! 그러니까 나는 어디까지나 개인적인 삿포로 여행으로 참가하기로 했어! 다행스럽게도 수학여행은 토요일이니까! 학교는 쉬는 날이고, 이렇다면 내가 따라가도 문제없겠지?"

"수학여행이 3박 4일에, 월요일과 화요일이 끼었다는 점은?"

"그것도 문제없어! 중간고사 이후로 3학년은 입시 준비에 전념하기 위해 자유 등교야! 하지만 나는 추천 입학이 결정된 덕분에 입시 준비가 필요 없어! 학교에서 무슨 문제가 일어났을 경우에도 야마다에게 대응해 달라고 부탁했으니까 완벽해!"

참고로 야마다는 **이전** 회계다.

크게 중요하지도 않고, 소개는 간단히 끝내지.

야마다, 배경 캐릭터. 이상.

"후훗. 그 다음은… 알겠지?"

하다못해 일요일에 돌아갈 테니까 괜찮다고 말해 줬으면 했다….

완전히 머릿속이 꽃밭… 아니, 여기는 홋카이도의 명물을 따서 라벤더밭 상태라고 해 두자.

"이때를 위해 히이라기의 가게에서 임시 아르바이트로 일해서 여비도 확실히 준비했으니까! 학교나 가족에게 폐를 끼치지 않도록 고려한, 죠로를 마음껏 데리고 다닐 수 있는 완벽한 플랜이야!"

나에게 폐를 끼치는 것을 완벽하게 고려하지 않은 플랜이군.

"코스모스 선배는 대단해! 요리도 잘하고, 솜씨도 좋고, 대단한 도우미였어~!"

"하하하. 과찬이야, 히이라기. 게다가 감사할 건 나야! 지금까지 아르바이트 경험이 전혀 없었으니까 아주 의의 깊었어!"

그 경험, 다음부터는 츠바키네 가게에서 해 주지 않겠어? 내

밑의 덜렁쟁이 신인과 교대로.

"자, 죠로! 이거라면 내가 같이 수학여행에 가도…."

"코스모스는 얌전히 여기에 있어."

"에에에에에엑!!"

왜 충격 먹은 얼굴을 하는 거야? 오히려 너의 발상이 너무 충격적이다.

"어째서, 죠로?! 내 플랜은 완벽했잖아! 게다가 나는 크게 도움이 돼! 작년의 경험을 살려서 완벽한 아사히야마 동물원의 안내! 스노보드 강습! 이미 나는 홋카이도에 빼놓을 수 없는 인재라고 해도 과언이 아닐 거야!"

홋카이도에게 사과해. 작년에 간 정도로 제패했다고 생각하지 마.

"그래! 죠로가 고개를 끄덕이지 않으면, 코스모스 선배와 츠바키에게 매달려서 얻어 낸 내 계획이 풍비박산 난다고! 그렇게 되면 죽을 거야!"

아무래도 이 녀석들의 반응을 보면 그 작전이란 것은 이걸로 끝인 모양이군.

하다못해 조금 더 면밀하게 나를 설득할 플랜을 준비하라고….

"무슨 말을 해도 안 돼. 따라오지 마."

"그, 그럴 수가! 나는 이때를 위해 열심히 공부해서 추천 입학을 따냈는데?! 그런데, 이렇게… 이렇게라니, 너무해애애애!"

그 이유가 너무하다. 이 여자, 무슨 말도 안 되는 이유로 추천 입학을 결심한 거야….

히이라기랑 같이 내 팔을 붙잡고 붕붕 휘두르지 마.

"싫어싫어싫어~! 나도 죠로랑 놀래~!"

"죠로, 부탁이야~! 나는 그저 즐겁게 살고 싶을 뿐이야~!"

어느 쪽이고 심하지만, 특히나 히이라기의 말이 심하다.

"우우우우우…! 이렇게 되었으면 비장의 수를 쓸 수밖에…."

코스모스가 울상을 하며 노트를 훌훌 넘기기 시작했는데, 뭘 꾸미는 거지?

"히마와리! 너도 죠로에게 좀 말해 줘!"

"후에? 어? 나?"

이런…. 히마와리는 영문 모를 히마와리 이론을 마구잡이로 전개하는 힘을 가졌다.

그리고 나는 그럴 때의 히마와리에게 어째서인지 몰라도 거스를 수 없다.

"자! 소꿉친구인 네가 고집쟁이 죠로에게 말하면 분명 전해질 거야! 내가 북국의 눈을 모두 녹일 정도로 뜨거운 마음을 숨기고 있다는 것을!"

"나이스 아이디어야! 히마와리, 떼쟁이 죠로에게 말해 줘! 소꿉친구인 히마와리가 말하면 분명 죠로는 쉽게 넘어와~!"

절찬리에 고집쟁이에 떼쟁이인 두 사람은 자기들이 하는 짓을 싹 무시하고 있군.

"…음! 저기…."

이런! 이대로 가다간 코스모스가 진짜로 수학여행에 참가한다! 절체절명이다!

…라고 평소라면 생각했을지도 모르지만, 지금만큼은 예외다.

"저기…. 나는 아무것도 못해…."

"아니!"

"우엣!"

"봐, 죠로도 난처해하고. 아하하하…."

이것도 내 주위에서 일어난 변화 중 하나로, ……그리 좋은 변화는 아니지만, 아무래도 최근 히마와리의 낌새가 이상하다. 지금까지도 수학여행 이야기에는 전혀 참가하지 않고 조용히 밥만 먹을 뿐. 평소의 히마와리라면 이런 태도는 절대로 있을 수 없다.

"그, 그럴 수가! …히마와리! 너뿐이야! 소꿉친구인 너만이 죠로를 억지로라도 납득시킬 수 있어! 그러지 않으면 나는 수학여행에…."

"코스모스 선배는 작년에 갔잖아? 올해는 2학년이 수학여행을 가는 거니까, 참지 않으면 안 돼."

"하윽! 정론이… 히마와리의 입에서 정론이…."

히마와리의 힘을 빌려서 수학여행에 가려고 꾸미던 코스모스가 크게 당황하고 있다.

분명 히마와리의 입에서 지극히 당연한 정론이 나오는 건 조금 무섭지.

하지만, 하지만 말이지. 현재 이건 내게 아주 유리한 전개다.

"두 사람 다 잘 들었지? 히마와리의 말이 맞으니까, 코스모스는 얌전히 여기서 기다려. 선물은 꼭 사 올 테니까."

"싫어! 이전 학생회장으로서, 그런 정론을 받아들일 생각은 없어!"

받아들여. 이전 학생회장으로서 그런 정론은 좀 받아들이라고.

"세대교체도 끝났고 학생의 모범으로 행동하지 않아도 되잖아! 입시도 추천 입학으로 끝냈어! 그러니까 나는 자유! 자유롭게 내가 하고 싶은 것을 하기로 했어!"

이전의 냉정 침착한 코스모스는 대체 어디로 간 것일까….

"죠로, 잘 생각해! 홋카이도의 겨울 하늘 아래, 혼자서 맛있는 징기스칸을 먹고, 즐겁게 백곰을 보고, 설산에서 스키를 즐기는 내가 가엾다고 생각하지 않아?!"

"전혀 생각하지 않아."

전력으로 enjoy할 생각으로 가득하시구만.

왜 엄청난 기세로 가이드북을 펼치고 이쪽에게 보여 주는데?

"슬슬 휴식 시간도 끝이니까, 이야기는 이걸로 종료. 코스모스는 수학여행에 따라오지 마. …알겠지?"

"우우…. 알았어…. 죠로가 그렇게까지 말한다면…."

"아우~…. 외로워~…."

히마와리라는 원군을 얻지 못했기 때문일까, 두 사람은 풀이 죽어서 내 말을 들어주었다. 무사히 '코스모스 수학여행 참가 대작전'을 저지해서 다행인데,

"아하하하…. 코스모스 선배도, 히이라기도 씩씩하네…."

정말로 히마와리 녀석은 왜 저러지?

※

종례가 끝나고, 방과 후에 돌입.

오늘 예정은 도서실 일. 아르바이트 예정은 없지만, 아까 체리에게서 '오늘은 카네모토 씨에게 많이 배워서 실력을 쑥쑥 늘릴 거야!'라는 연락이 왔다.

그리고 카네모토 씨에게서 '오늘, 정말로 안 올 거야?'라는 연락도 왔지만, 그쪽은 읽어 보지도 않았다.

힘내라, 법률보다도 더 근무 시간을 사수하는 우리의 아르바이트 리더.

"어디 갈래? …아! 시계탑은 꼭 갈래! 그리고 TV 타워도!"

"선물은 역시 시로이 코이비토야! 홋카이도의 대명사 같은 선물이고!"

"난 중학생 때 스키였으니까, 이번에는 스노보드에 도전할까 해!"

교실 안에 울리는 학생들의 밝은 목소리.

다들 들뜬 것처럼 보이는 건 이번 주말에 있을 수학여행의 영향이겠지.

다만 그렇게 들뜬 교실에서 유일하게 침울한 얼굴을 하는 것은….

"테니스부 가야지."

나의 소꿉친구인 히마와리다.

웅크린 등에 짊어지듯이 라켓을 메고 터덜터덜 교실을 뒤로하는 모습. 안 그래도 작은 몸이 더 작게 보였다. …자, 오늘도 조금 도전해 볼까.

"저기, 히마와리."

"응? 왜, 죠로?"

공허한 눈동자가 먼저 눈에 띄는, 힘없는 표정으로 돌아보는 히마와리.

이전에 있었던 일루미네이션 사건 때와는 달리 당장 도망치지 않는 것은 고맙지만, 그건 히마와리의 기운을 회복시키는 것과 직결되지 않는다.

"어떻게 된 거야? 요즘 왠지 기운이 없어 보이는데?"

"아하하…. 그런 거 없어."

그런 게 있거든. 이렇게 어색하게 웃는 히마와리는 오랫동안 알고 지내면서도 처음 봤어.

오늘이야말로 기운을 내게 해 주진 못해도, 하다못해 사정이라도….

"그럼 난 테니스부에 갈게. 죠로도 도서실 일, 열심히 해."

"앗! 기다려! 아직 내 이야기는…."

"히마와리! 테니스부에 갈 거면 저도 같이 가요! 오늘은 신문부에서 테니스부를 취재할 예정이었으니까요!"

"아스나로. …응, 알았어."

이런, 더 자세한 이야기를 들으려고 했더니 아스나로가 나타났다.

이렇게 되면 히마와리와 이 이상 이야기하기란 어렵겠는데….

그 남자와 체리의 사이도 그렇지만, 사실 나와 아스나로의 관계도 그리 좋다고 할 수 없는 상태라서…. 사이가 나쁜 건 아니지만, 필요최소한의 교류뿐. 사실 나는 요란제 전날에 있었던 등화식 이후로 내가 나서서 아스나로에게 말을 붙인 적이 없으니까….

"후훗! 죠로, 히마와리와 이야기하고 싶을지 모릅니다만, 다음 기회에 해 주세요! 지금은 저와 함께 테니스부에 갈 거니까요!"

"그, 그래…. 알았어…."

이렇게 아스나로가 웃으며 말을 붙여 주지만, 나로서는 어색한 태도를 취할 수밖에 없는 것이 한심하다. 왠지 마음대로 안 되네….

"그럼 죠로! 실례하겠습니다!"

"바이바이. …죠로."

밝게 미소 짓는 아스나로, 어둡게 가라앉은 히마와리. 대조적인 태도로 두 사람은 교실을 나갔다.

하아, 오늘도 실패인가…. 그럼 나도 도서실에….

"자, 잠깐, 죠로!"

"우왓! 뭐야, 사잔카? 갑자기 팔을 잡아끌고."

"죠로한테 할 말이 있으니까 그랬지! 어어, 여기가 아니라…."

뒤에서 팔을 확 잡아당기나 싶더니, 자기 딴에는 팔을 붙잡은 위치가 마음에 안 들었는지 손을 이동시키고는 꼼지락거리며 감촉을 확인했다.

아니, 이거 꽤 창피한데….

"응! 여기야!"

아무래도 마음에 드는 위치를 발견했는지 거기서 꼼지락거리는 건 스톱.

아주 살짝 붉게 물든 얼굴인 채로 기분 좋게 웃고 있어서 솔직히 아주 귀엽다.

자, 지금까지 소개했던 여러 변화도 슬슬 마지막.

요란제 이후로 최대의 변화를 보였다고 할 수 있는 사잔카—마야마 아사카 씨의 등장이다.

이전까지의 사잔카는 **조금** 솔직하지 않고 무서운 존재였지만, 요란제 마지막의 그 사건 이후로 심경이 크게 변했는지, 지금의 사잔카는 솔직하다고 할까, 지금까지 막고 있던 감정이 무너진 것처럼 넘쳐흐르고 있는 것이다. …그럼 그 모습을 보시라.

"와아! 오늘도 제대로 이야기했어!"

이렇게 솔직하게 웃는 사잔카는 얼마 전까지 좀처럼 볼 수 없었지.

아주 귀엽고, 꽤 좋은 분위기인데,

""""""어셈블!""""""

뒤에 있는 카리스마 그룹 애들이 분위기를 박살내고 있네….

'어셈블'은 '집합'이라든가 '합체'라는 의미인데… 아마 어딘가의 영화에 영향을 받아서 의미도 생각하지 않고 말한 거겠지.

"저, 저기! 죠로는 전에 학생회에서 서기를 맡았지?"

"뭐, 그랬지…."

"그, 그래! 그래! 그, 그럼… 이, 이번에 나한테 그때 일을 가르쳐 줄래? 그, 그러니까! 노하우의 공유는 중요하잖아?"

아, 그런 건가. 사잔카가 뭘 위해 말을 걸어왔는지 이해했다.

사실을 말하자면, 사잔카는 요란제 후에 있었던 학생회 세대교체에서 '학생회 서기'의 자리에 앉았다. 참고로 학생회장이 된 것은 팬지와 같은 반이며 소프트볼부의 주장인 프리뮬러—사오토메 사쿠라.

소프트볼부 일을 하면서 학생회 일도 하려면 꽤 힘들겠지만, 평소의 표표한 태도로 '뭐, 어떻게든 해 볼게!'라며 깔깔 웃었다.

그리고 그런 새 학생회장에게 직접 학생회 임원으로 지명된 것이 사잔카.

프리뮬러로서는 부회장을 시키고 싶었던 모양이었지만, 사잔카가 '서기라면 해도 좋아'라고 대답해서 그걸로 타협한 모양인데.

"잠깐! 왜 대답이 없어!"

어차, 이런. 무심코 어디의 누구인지 모르는 사람에게 설명하는 것에 정신이 나가서 사잔카에게 대답을 하지 않았군. 나도 참 덜렁대긴.

"호, 혹시, 싫은, 거야…?"

"딱히 그런 건 아냐. 다만 내 다음에 서기가 된 녀석이 있으니까, 그 녀석에게 노하우를 배우는 편이 나을지도 모른다고 생각해서…."

"괜찮아! 그쪽은 이미 잘 끝냈으니까! 인수인계는 완벽해!"

그럼 나는 필요 없지 않아?

"저, 저기, 그러니까 가르쳐 줘! 어, 어어… 그러니까 말이지?

가르쳐 줄 게 없어도 괜찮으니까! 같이 있고 싶다는 구실이니까!"

봐? 엄청 변했지? 댐이 완전히 무너졌다니까.

"…알았어. 그럼 내가 아는 범위라도 좋다면 가르쳐 줄게."

"정말로! 와자아아아아!"

내 팔을 붙잡고 있지 않은 손을 움켜쥐고, 꼬리라도 달렸으면 파닥파닥 좌우로 흔들 듯한 미소를 짓고 있다. 정말로 행동까지도 내 취향 한가운데 스트라이크라서 큰일이다.

"다만 오늘 방과 후는 도서실에 가야 해…."

"응! 다음에 죠로네 집에서 가르쳐 줘!"

응? 무슨 소리야?

"아니, 그냥 학교에서 알려 주면…."

"무슨 생각이야! 그러면 단둘이 있을 수 없잖아!"

이쪽이 할 말이야. 너야말로 무슨 생각이야.

"딱히 우리 집이 아니더라도…."

"뭐, 뭐가 그리 싫은 거야…. 헛! 설마 죠로네 집이 아니라, 우, 우, 우, 우리 집?! 어어, 준비를 좀 해야 하지만, 그건 그거대로…."

아냐, 그런 소리를 하는 게 아냐. 혼자서 그렇게 달아오르지 말아 줘.

"하지만 괜찮아? 아빠가 요즘 좀 시끄럽고…. 아, 그래! 아빠를 하루 정도 집에서 쫓아내야지! 이걸로 문제 해결♪"

아버지 대접이 큰 문제다.

그런 짓을 당하면 마야마 아저씨가 울고불고할걸. …주로 츠바키네 가게에서.

"알았어! 그럼 다음에 우리 집에서…."

"아니, 우리 집으로 하자."

츠바키네 가게에 아버지의 재해를 끌어들일 수는 없으니까.

조금…이라고 할까, 많이 창피하지만, 그편이 낫겠지.

"그, 그래? 알았어! 그럼 다음에 죠로네 집에서 가르쳐 줘! 그렇게 걱정 안 해도 괜찮아! 부모님께도 제대로 인사하고… 혹시 부모님이 안 계시더라도 그건 그거대로… 헛! 안 돼! 아무리 그래도 그 단계에는 아직 이르지 않았어!"

지금 단계가 어디에 이르렀는지 일단 좀 자세히 가르쳐 줘.

"아, 아무튼 그런 거니까! 나는 학생회에 갈게! 바, 바이바이!"

"어, 그래."

"와자! 해냈다아아아아!"

하고 싶은 말을 다 하고서 목적을 달성한 것에 만족했는지 사잔카는 신이 난 발걸음과 목소리로 학생회 쪽으로 갔다. 그리고 뒤에 남겨진 내게 오늘 함께 도서실에서 업무를 하는 카리스마 그룹의 E코… 다시 말해 아이리스—메자키 에후미가 다가왔다.

"사잔카는 그렇게 말했지만, 죠로가 진짜로 부탁하면 뭐든지

해 줄걸! 그러니까 일단 좋지 않은 부탁을 생각…."

"아무 부탁도 안 할 거니까, 그 정보는 필요 없어."

눈을 빛내며 당치도 않은 소리를 하지 않아도 돼.

"체엣~…. 뭐, 됐어! 이제 곧 수학여행이고! 거기서 사잔카에게 좋지 않은 어드바이스를 하면… 구헤헷… 할 수 있어! 할 수 있다고, 이거!"

솔선해서 좋지 않은 어드바이스를 생각하며 구헤헷 하고 웃는 친구란 좀 그렇지 않나?

아무래도 걷잡을 수 없어진 것은 사잔카만이 아닌 모양이군….

※

교실을 뒤로하고 아이리스나 다른 카리스마 그룹 애들과 함께 도서실 업무.

도서실은 방과 후에도 점심시간과 마찬가지로 성황이지만, 나름대로 좀 한산해졌기에 잠깐 휴식을 취하기로 했다. 물론 혼자서 쉬는 게 아니라,

"아니, 다들 수학여행이라고 너무 들떠 있잖아."

"어머? 그럼 죠로도 들떠 있다고 생각하면 될까?"

니시키즈타 고등학교 도서위원, 옛날 풍취가 느껴지는 땋은

머리에 안경… 팬지—산쇼쿠인 스미레코도 함께였다. 오늘도 일부러 준비해 온 쿠키와 홍차를 독서 스페이스의 테이블에 배치.

여전히 맛있어서 무심코 얼굴이 풀어질 것 같다.

"…뭐, 나름대로."

왠지 모르게 솔직하게 인정하는 게 열 받기에 말을 흐리는 형태로 대답.

"후훗. 오늘도 솔직하지 않네."

뭐, 이 녀석에겐 통할 리가 없지만.

2학기 마지막 빅 이벤트, 수학여행. 큰 불안도 있지만, 물론 나도 기대하고 있다.

첫날의 삿포로 관광, 2일 차의 아사히야마 동물원, 3일 차의 스키, 스노보드 교실. 숙박하는 코호 료칸도 노천온천에서 보이는 별하늘이 아름답다는, 꽤나 좋은 분위기의 료칸이다.

모처럼 그런 장소에 가는 거니까, 하고 싶은 건 많이 있다. … 특히나 저쪽에 가지 않으면 절대로 할 수 없는 일이 있으니까, 그것만큼은 무슨 일이 있어도 할 생각이다.

뭐, 정말로 할 수 있겠냐고 묻는다면 당당히 대답할 수 없다는 것이 고민이긴 하지만….

"그래서 팬지네 반은 어때? 이쪽과 비슷한가?"

"그래. 우리 반도 하이라기를 제외하면 다들 기대하고 있어."

즉 팬지도 수학여행을 기대한다는 소리로군.

너도 솔직하지 않잖아.

"히이라기는 수학여행을 기대하지 않는 거야?"

"'죠로를 설득하는 걸 도와줘! 이대로 가다간 나랑 코스모스 선배가 너무 가엾어! 수학여행, 무서워!' 같은 소리를 했어."

"…히이라기도 그렇고, 코스모스도 그렇고…. 정말로 포기할 줄을 모르는 녀석들이야."

"그래. 아무리 그래도 코스모스 선배의 이번 생각에는 나도 동의할 수 없어. 남에게 폐를 끼치면서까지 자기가 하고 싶은 일을 하는 건 좋지 않아."

오. 왜인지 모르지만, 오늘 팬지는 평소와 비교해서 꽤나 상식적이군.

이 녀석이라면 가볍게 '인정해 줘도 좋지 않아?'라고 말할 줄 알았는데.

"그런데 그 수학여행은 코스모스 선배와 히이라기 문제 말고도 문제가 하나 더 있어."

"응? 문제?"

"그래…. 게다가 그건 죠로가 크게 관련된 문제야…."

잠깐만 기다려…. 내가 크게 관련된 수학여행의 문제라고?

설마 이 녀석…!

"이걸 봐 줘."

흠. 이건 수학여행의 방 배치가 적힌 종이로군.

팬지의 방은 히이라기와 프리뮬러, …그리고 요란제에서 나에게 트라우마를 실컷 새겨 준 파인이 있는 곳인가. 아니, 이게 어쨌단 말이지?

"왜인지 모르지만, 죠로와 내가 같은 방이 아냐."

"…나는 네가 그 발상에 도달한 것이 왜인지 모르겠는데?"

"어쩔 수 없으니까 밤에 내 방에 죠로가 숨어들 수 있는 침입 루트를 확보해 두었어. 이 지도대로 이동하면 선생님에게 들키지 않고 내 방에 올 수 있어."

"내 발언을 전력으로 무시하고 이야기를 진행시키지 마! 네가 제일 나한테 폐를 끼치며 네가 하고 싶은 대로 하려고 들잖아!"

내가 떠올린 내용과는 전혀 다르지만, 꽤나 곤란한데 말이지!

방금 전까지 코스모스에게 했던 말은 대체 뭐였어?!

"뜻밖이네. 나는 지극히 평소처럼 상식의 범주에서 행동하고 있어."

"그렇군! 네 상식의 범주란 민폐스럽기 짝이 없었지! 절대로 안 갈 거니까!"

"하아…. 정말로 죠로는 동물원에서 사육되는 돼지보다도 위기관리 능력이 없네."

위기관리 능력이 높으니까 안 가겠다고 하는 거야! 괜한 독설을 끼워 넣지 마!

라고 말하고 싶지만, 왠지 팬지의 여유 넘치는 미소가 걸린다.

"무슨 소리야?"

"혹시 죠로가 자기 방에 있을 경우, 나는 어쩔 수 없이 당신 방에 가겠지. …아니, 나만이 아니라 몇 명 더… 당신의 방에 갈 가능성이 있는 여자가 있어."

"…그래서?"

"즉 죠로가 내 방에 오지 않으면, 여자들 여럿이 당신 방에 가서 선생님의 순찰 때 전원이 죠로의 이불 속에 들어가 있는 진풍경이 발생할 거야."

"전원, 자기 방에서, 얌전히 있으면 될 뿐이잖아!"

"그게 가능하면 고생을 안 해…. 그러니까 어쩔 수 없이, 특별히 죠로를 내 방으로 불러서 부킹을 저지하려고 하는 건데?"

"친절한 척하면서 할 소리가 아니잖아!"

무슨 변화가 없더라도 제일 민폐인 건 솔직히 말해 이 녀석이야! 정말로 대체 뭐야?!

"…하지만 그러지 않으면 같이 있을 수 없는걸."

"대체 왜? 수학여행을 같이 가고…."

"난 죠로와 반이 달라…. 수학여행 동안, 첫날도 둘째 날도, 학급별로 정한 조별로 행동하잖아. 그러니까 거의 같이 있을 수 없어."

윽! 갑자기 얌전해진다 싶더니 이상한 소리를 꺼내기 시작하고….

“모처럼, 고등학생에게 단 한 번뿐인 수학여행인데, 같이 있을 수 없다니…. 외로워.”

“어쩔 수 없잖아. 학급이 다른 건 어떻게 할 수 없는 일이고.”

“…외로워.”

이런…. 뭔가 이상한 스위치가 켜졌는지 팬지가 점점 풀이 죽기 시작했다.

살짝 내 교복을 붙잡고 고개를 숙이고 있어.

“괘, 괜찮아! 셋째 날의 스키, 스노보드 교실은 학급 합동의 자유 시간이 있잖아! 그러니까 그때 함께….”

“어머. 그럼 셋째 날은 나랑 같이 있어 주는 거네?”

“큭! 너, 너….”

…당했다. 이 녀석, 처음부터 내가 이 말을 하도록….

“아, 아니, 그렇게 된다고는.”

“후후훗. 수학여행에서 죠로와 함께 놀 수 있다니, 아주 기대돼.”

이미 내 의견을 들을 생각도 없다는 듯이 계속해서 이야기를 진행시킨다.

꽤나 강하게 부정하면 막을 수 있을지도 모르지만, 그랬을 경우 이 여자가 무슨 짓을 할지 몰라 무서워서 막을 수가 없다.

“하아…. 알았어…. 그럼 셋째 날의 자유 시간은 너랑 같이 스키든 스노보드든 타지. 다만 다른 애들도 함께 있을 거니까!"

그렇게 말하자 행복한 미소를 지으며 슬쩍 내 손등에 자기 손을 올리….

"좋아. 죠로와 함께 있을 수 있다면, 그걸로 충분히 만족…."

려고 했기에 즉각 철수. 이 이상 기를 살려 줄 수는 없으니까.

"왼손은 거들 뿐이야."

"모 농구 만화의 명언 같은 소리를 해도, 그렇게 놔두진 않을 거니까!"

정말로 이 여자의 멘탈은 어떻게 되어 먹은 거야?

이 불굴의 정신을 조금 정도 히마와리에게 나눠 주면… 아, 그렇지.

"아…. 그런데 팬지. 물어보고 싶은 게 하나 있는데, 괜찮을까?"

"뭘까?"

"최근 히마와리가 좀 이상하지 않아? 아는 거 있어?"

내가 물어보려고 해도 소용없었지만, 팬지라면 이미 사정을 알고 있을 가능성이 높다.

묻지 않더라도 눈치채는 능력이 초일류인 에스퍼니까.

"…그거 말이구나."

역시나. 이 표정을 보면 팬지는 사정을 파악하고 있다.

"알고 있지만, 죠로에게는 가르쳐 줄 수 없어."

"뭐? 대체 왜? 히마와리가 기운이 없는 건 내게…."

"죠로. 당신이 히마와리를 걱정하고 힘이 되어 주고 싶다는 마음은 잘 알아. …하지만 그건 히마와리가 해결해야만 하는, 그녀 자신의 문제야. 그러니까 점심시간에 코스모스 선배도 아무 말 하지 않았잖아?"

코스모스는 그저 수학여행에 따라오려는 계획에 정신이 팔려서 그랬던 거 아닌가?

그렇게 말하고 싶었지만, 그건 이미 끝난 문제니까 스톱.

아니, 힘이 되어 줄 수 없더라도, 하다못해 고민의 내용 정도는 알고 싶은데….

"자, 슬슬 휴식 시간은 끝내고, 도서실 업무를 시작하자."

"그, 그래…. 알았어…."

하지만 그것도 가르쳐 줄 생각이 없다는 듯이 팬지는 조용히 일어서서 도서실 접수대로 향했다. …결국 내가 얻을 수 있었던 것은 약간의 힌트뿐.

히마와리의 고민이 히마와리 자신이 뛰어넘어야만 하는 문제라는 것뿐이었다.

※

역에서 팬지와 헤어져 혼자 집으로 향하는 나. 이미 해는 완전히 저물어서, 이 시간이 되면 쌀쌀함이 한층 더하다. 슬슬 코트를 입어도 괜찮으려나.

"…응? 저건?"

가로등이 비추는 밤거리에서 눈에 띈 것은 한 소녀의 뒷모습.

매일 아침 내 등에 다대한 대미지를 입히는 것이 인상적인 탓인지, 걷고 있을 때의 뒷모습을 보면 신선하게 느껴진다. 몇 번이나 보았을 텐데….

"여어, 너도 지금 집에 가는 거야? …히마와리."

"아… 죠로."

보폭을 늘려서 쫓아간 뒤에는 반대로 보폭을 좁혔다.

키가 작은 만큼 평소에는 성큼성큼 걷는 히마와리지만, 혼자 걷고 있을 때는 그러지 않는지, 오히려 꽤나 느릿느릿 걷고 있었다. …아니, 혼자 걷는 게 원인이 아니겠지….

"응. 막 테니스부가 끝났으니까…."

"그래…."

""……""

평소라면 같이 있을 때 테니스부에서 무슨 일이 있었다든가, 크림빵이 맛있었다든가 하는 이야기를 혼자서 열심히 떠드는데, 오늘의 히마와리는 아무런 말이 없군.

그렇다면 여기서는 내가 화제를 꺼내는 편이 좋겠지만, 어쩐다?

본심을 말하자면 무슨 일이 있었는지 묻고 싶다. 히마와리의 힘이 되어 주고 싶다.

하지만 팬지가 '히마와리가 스스로 해결해야 할 문제'라고 말했고….

그렇다면 여기서는….

"여러모로 변했네."

"…응?"

최근 내가 느낀 바라도 말할까.

그것이 계기가 되어서 히마와리가 기운을 내 준다면 만만세다.

"우리 환경 말이야. 1학년 때는 나랑 히마와리… 거기에 썬까지 셋이서만 지냈잖아? 하지만 지금은 그때랑 비교해서 꽤나 변했으니까."

"그러네…."

팬지, 코스모스, 사잔카, 아스나로, 츠바키, 히이라기, 탄포포, 카리스마 그룹 애들, 거기에 다른 학교를 보자면 토쇼부 고등학교 녀석들.

1학년 때와 비교하면 같이 지내는 녀석들이 훨씬 늘어났다. 물론 나쁜 일은 아니다.

이 변화는 좋은 일이라고 생각하고, 불안하지 않은 건 아니지만 앞으로 어떻게 변해 갈까 하는 즐거움도 있다.

"그거 알아? 체리 씨, 나랑 같은… 츠바키네 가게에서 아르바이트를 시작했어."

"응, 알아. 히이라기가 츠바키한테 '비겁해! 나도 체리랑 같이 일하고 싶었어! 그러면 응석 부릴 수 있는데!'라고 화냈어."

"뭐, 그건 체리 씨가 결정한 거니까 어쩔 수 없지."

솔직히 말해서 체리가 츠바키네 가게에서 일하는 것을 택한 건 지금은 오스트레일리아에 간 어느 남자가 히이라기네 가게에서 아르바이트를 했기 때문이지만… 그건 넘어가고.

"다들 많이 변했어. 팬지, 아스나로, 사잔카, 코스모스 선배… 게다가 츠키미도."

왜 거기에 츠키미가 들어갔는지 순간 의문스럽게 생각했지만, 분명히 츠키미도 변했다.

한 걸음 먼저 골인해서 그 남자와 **그런 관계**가 되었으니까.

"많이 변해 가…. 우리 주위는 계속해서 변해 가…."

"그래. 하지만 변하지 않는 것도 있어."

"우우? 변하지 않는 거?"

그래. 지금까지의 경험을 통해 많은 것이 변했다.

처음 만났을 때와 같은 이미지를 가진 녀석은 한 명도 없어.

하지만 딱 한 명… 딱 한 명 변함없이 같은 관계로 있어 주는 녀석이 있다.

그건….

"히마와리야. 너만큼은 계속 변하지 않고 같이 있어 주잖아."

그러니까 나에게 히마와리는 고맙고 소중한 존재다.

항상 천진난만한 미소로, 자기가 하고 싶은 일을 밝게 하는 히마와리. 마구 떼를 쓰는 주제에, 어느 틈에 나나 다른 이들을 웃게 만들어 주는 녀석은 히마와리 말고는 없다.

"그러네…. 나는 계속 변함없이 죠로의 소꿉친구야…."

오, 조금은 히마와리가 웃었다.

그럼 이런 식으로….

"그러니까 앞으로도 잘 부탁해, 소꿉친구."

스스로 생각해도 꽤나 쑥스러운 말을 했다.

하지만 이거면 된다. 항상 솔직하게 감정을 드러내는 히마와리에게는 나도 솔직하게 내 감정을 전하자. 그리고 이걸로 조금이라도 히마와리가 기운을 내 준다면….

"…죠로. 나 먼저 갈래…."

"어? 아니, 가는 길은 같으니까 이대로 같이…."

"안 돼. 우리, 이대로 같이 있으면 안 돼…. 그러면 난 아무것도 할 수 없어…."

어이, 아무것도 할 수 없다는 게 무슨 소리야?

나는 내 나름대로 히마와리를 격려해 주려고 했다.

하지만 그 결과는 완전 헛일일 뿐만 아니라 오히려 상황을 악화시켰잖아.

"자, 잠깐만, 히마와리! 왜 우리가 이대로 같이 있으면 안 되

는데?!"

서서히 내게서 멀어지는 히마와리.

가로등 불빛을 받는 것은 평소의 모습이 전혀 느껴지지 않는 쓸쓸한 미소뿐이었다.

"무리야. 나랑 죠로는…."

그리고 당장이라도 눈물이 흘러나올 정도로 젖은 눈동자로 똑바로 나를 바라보더니,

"소꿉친구인걸."

그렇게 말하고 히마와리는 달려갔다.

뭐지? 소꿉친구니까 지금까지 계속 같이 있었던 것 아닌가?

그런데 소꿉친구니까 같이 있을 수 없다니….

"무슨 소린지 모르겠어…."

나는 만나 버렸다

수학여행 첫날.

“우와아아! 역시 이쪽은 춥군, 죠로!”

“그래. 코트를 가져오길 잘했네. …썬은 안 입어도 돼?”

“흥! 뜨거운 영혼이 있으면 그런 게 없어도 문제없지!”

오전 9시에 하네다 공항에 집합해 오전 10시발 비행기를 타고 신치토세 공항으로.

거기서부터는 버스를 타고 약 60분. 우리는 목적지인 삿포로에 도달했다.

“눈도 대단하네! 아직 11월 하순인데 이렇게 쌓였다니!”

“이쪽은 11월부터 내리는 게 당연하다나 봐.”

역시…라고 할까, 당연하지만, 격이 다르게 춥다. 더불어서 평소 생활에서는 거의 볼 일이 없는, 눈이 쌓여 있는 거리 풍경.

만약 우리 동네에 이렇게 눈이 쌓였다면 기록적인 적설이 되겠지.

“아루후와, 이걸 봐, 내 입김을! 쿠후~! 쿠후~!”

“으음! 베에타의 숨결이 그렇게 하얘도 되는 겁니까? 됩니다!”

“후후훗! 느껴진다! 오늘 나는 운명의 만남을 한다! 그리고 용기를 내서 말을 건 순간, 스키장이 녹아 버릴 정도의 사랑이 시작된다! 기다려, 나의 엔젤!”

“아나에. 그럴 거면 썬을 데려가. 너 혼자서는 힘들어.”

“사잔카! 나 파르페 먹고 싶어! …자! 그런고로 이제부터는 파르페 먹으러 가는 걸로 결정! 로열 스페셜이 나를 부르고 있어! 주르륵….”

“아니~! 그럼 아이리스는 먼저 가~ 나는 점심시간 지난 뒤에 합류할 테니까. …즉 내가 갈 곳은 하나! 삿포로 된장 라멘! 주르륵….”

“잠깐, 너희들! 조별 행동이니까 멋대로 굴지 마! 미리 예정을 정해 뒀으니까 그대로….”

“아하하! 지금 사잔카는 왠지 학생회다워~! …알았어! 사잔카가 가고 싶은 곳은 징기스칸이구나! 주르륵….”

순수하게 삿포로를 즐기는 아루후와와 베에타. 실패의 예감밖에 느껴지지 않는, 스키장의 파괴자 후보인 아나에. 점심을 먹지 않은 탓일까, 음식에 굶주린 카리스마 그룹 애들.

다들 평소와 다른 환경에 왔다는 해방감 때문인지 어딘가 들뜬 기색이다.

“너희들, 자유행동이라고 해도 너무 풀어져서 남에게 폐를 끼쳐선 안 된다! 그리고 무슨 일이 있으면 바로 담임 선생님… 혹은 내게 연락하도록!”

평소보다 다소 엄한 어조로 주의를 주는 학년 주임 선생님.

들뜬 학생들의 마음을 다잡기 위해서겠지만… 슬프구나.

한 손에 쥐어진 홋카이도 맛집 가이드북이 그 엄격함을 완전히 날려 버리고 있다.

"아무런 문제도 일어나지 않으면 첫날은 맛집 관광에… 이 학년의 주임이라 다행이다!"

아무래도 들떠 있는 것은 학생만이 아닌 모양이다.

…드디어 시작된 수학여행.

첫날의 예정은 삿포로 관광. 버스에서 내린 뒤에, 미리 정한 4인 혹은 5인조로 나뉘어서 자유행동을 시작하고, 오후 5시에 료칸에서 집합할 예정이다.

우리 반을 보자면, 사잔카는 카리스마 그룹 애들과 5인조.

아루후와와 베에타는 다른 남자들과 4인조.

그리고 내 쪽의 멤버를 보자면,

"좋아! 좋았어! 내 뜨거운 영혼이 들끓어서 떨림이 멈추지 않는다!"

오늘도 열혈 보이스를 쏟아 내는 썬이 같은 조.

나도 포함해 다른 녀석들은 적어도 코트를 걸치고 있는데도, 혼자서 태연히 표준 장비.

뜨거운 영혼이 들끓는 게 아니라, 그냥 추워서 떠는 게 아닐까 싶다. 무리나 하고 말이지.

그리고 나머지 멤버 말인데,

"세로로 된 신호등을 보고 있자니, 북쪽에 왔다는 실감이 드는군요~!"

"아스나로는 홋카이도에 온 적이 있을까?"

"아뇨! 사실 처음입니다! 하지만 아오모리도 신호등이 세로로 되어 있어서! 후후훗! 츠바키는 알고 있습니까? 왜 홋카이도와 아오모리의 신호등이 세로형인지."

"눈이 많이 내리기 때문이지?"

"아니! 여기선 제가 잡상식을 선보일 타이밍 아닙니까!"

북국 지식을 선보이는 아스나로와 그걸 악의 없이 저지하는 츠바키도 같은 조.

두 사람 다 추위 대책으로 코트와 머플러, 그리고 장갑을 착용. 아스나로는 거기에 추가로 귀마개까지 장착했다. 아오모리 출신이니까 추위에 강하다고 생각했는데, 오히려 대책이 완벽했다.

그리고 마지막 한 명은….

"봐요, 히마와리! 모래 상자입니다, 모래 상자! 홋카이도에서는 눈에 미끄러지지 않도록 모래 상자가 길가에 설치되어 있습니다!"

"그렇구나…. 대단하네…."

소꿉친구 히마와리—히나타 아오이다.

옷차림은 평소의 교복 위에 조금 커다란 베이지색 후드 달린 더플코트. 그 사이즈 때문인지, 아니면 본인의 텐션 때문인지, 평소보다 한층 작아 보였다.

여전히 히마와리의 분위기는 이상한 상태.

수학여행 전에 몇 번 사정을 물어보려고 도전했지만, 족족 실패.

오늘도 같이 하네다 공항까지 가려고 히마와리네 집에 갔는데, 내가 갔을 때에는 이미 히마와리가 출발한 상태였다. 히마와리의 어머니가 '먼저 다른 친구들하고 갔단다'라고 했으니까, 아마도 아스나로와 함께 갔겠지.

같은 조인데, 마치 다른 조 같은 느낌이 드는군….

"히마와리. 오늘 삿포로 여행에서 어디 가고 싶은 데 있어?"

"…괜찮아. 죠로, 난 신경 안 써도 돼."

말을 걸어도 왠지 은근히 거절하는 분위기. 역시 틀렸나….

하아…. 슬슬 물러날 때일까….

팬지도 '히마와리가 해결해야만 하는, 그녀 자신의 문제'라고 말했고, 말을 걸어도 최소한의 대응밖에 없으니 아무리 봐도 날 피하는 거다.

그러니까 내가 히마와리의 문제에 참견하는 건 여기까지로 하자.

슬슬 마음이 꺾일 것 같아….

라는 말로………… 끝날 것 같으냐아아아아!!

히마와리의 문제는 히마와리 자신이 해결해야만 한다?! 노골적으로 날 피한다?!

내가 알 바 아니지!! 지금까지 누구보다도 오~~래 알고 지낸

이 몸이 히마와리가 기운이 없는 걸 '어쩔 수 없으니 내버려 두자. 어색하기도 하니까, 간섭하지 말자'로 끝낼 줄 알았어?! 아니! 결단코… 겨얼다안코오, 아니다!

애초에 확실히 알고 있으니까! 히마와리의 고민의 정체.

저번 귀갓길에서 그렇게 의미심장하게 '소꿉친구인걸'이라고 하고 달려갔는데 보통은 알지! …어? '무슨 소린지 모르겠어…'라는 말을 했다고?

그야 거짓말이지! 조금 고민하는 주인공의 느낌을 냈을 뿐이야! 그 남자의 영향이지!

그런고로 히마와리의 고민 말인데, …'자기가 소꿉친구인 것'이다!

내가 말하기도 조금 뭐하지만, 내게 다른 여자애들이 '여자'인 것에 비해 히마와리는 자기가 내게 '소꿉친구'라고 생각하고 있다.

왜 근래 들어 그런 고민을 품었는지는 모르지만, 애초에 그런 고민을 품은 것 자체가 틀렸어! 히마와리도 아주 귀여운 '여자'니까!

즉 그걸 잘 이해시키면… 돌아온다! 우리의 무자각 bitch가!

여자와 이래저래 연이 있는 나지만, 어째서인지 몰라도 무흐흐한 이벤트는 여름 이래로 거의 없었다!

그런 내가 유일하게 마음을 기댈 곳은 무자각 bitch의 무자각

보디 어택!

무자각 bitch가 없는 수학여행 따윈 팥이 안 든 팥빵이나 마찬가지!

아무 맛도 없어! 그렇게 메마른 수학여행 따윈 절대로 인정 안 해!

…애초에 내게는 수학여행에서 반드시 이루고 싶은 커다란 목적이 있다!

그것은 바로 '멋진 추억'을 만드는 것이다!

2학기 마지막 빅 이벤트… 수학여행. 여기서밖에 만들 수 없는 '멋진 추억'을 위해, 히마와리의 부활은 엄청 중요한 필수 사항!

그러니까 나는 히마와리 부활을 위해 전력을 기울인다! 엄청난 기세로!

"그럼 슬슬 갈까. 혹시나 조원들과 떨어지게 되면 바로 선생님이나 나한테 연락해."

우리 조의 리더인 츠바키가 스마트폰을 쳐들었고, 우리는 고개를 끄덕였다.

크크큭…. 히마와리, 언제까지 그렇게 힘없이 있을 수 있을 것 같아?

첫날의 삿포로 관광에서 나와 같은 조가 된 것이 네 패인이다!

평소라면 다른 녀석들이 방해해서 잘 안 되는 케이스가 많이 있지만, 지금만큼은 다르다!

스토킹의 프로페셔널과 어딘가의 붕괴한 댐은 다른 조! 코스모스는 애초에 이쪽에 없다! 다시 말해! 나는 히마와리에게 집중할 수 있다!

"그리고 수학여행이라고 해서 너무 풀어지지 말고."

"츠바키! 츠바키는 어디 있어?! 우에에엥! 팬지, 이국의 땅은 무서워~!"

"히이라기, 진정해. 괜찮아, 홋카이도는 일본이고, 그렇게 세게 껴안지 않아도…! 조금, 괴로워…. 어쩔 수 없네, 어떻게든 츠바키에게 히이라기를…."

"자, 다들 서둘러 이동할까. 이 이상 여기에 있으면 팬지가 히이라기를 떠넘기러… 어흠. 시간이 아까우니까. 일단 밥을 먹으러 갈까."

수학여행 책자를 펼치면서 엄청난 속도로 츠바키가 걸어갔다.

평소에는 성실한 츠바키도 수학여행에서는 내키는 대로 행동하고 싶은 모양이다.

하지만 그렇군. 저쪽의 히이라기와 팬지네 조는….

"괜찮아, 모토키! 그렇게 겁먹을 필요는 없어! 무슨 일이 있어도 같은 조인 파인과 시바가 지켜 줄 테니까~! 그렇지, 파인, 시바!"

"훗! 훗! 훗! 내 고속 쉬버링*이 있으면 코트 따윈 필요 없어!

하지만 만일을 위해 단백질은 많이 섭취하고 싶네. 여기서는 슬쩍 조에서 빠져나가 홋카이도에서 제일 단백질 함량이 많은 음식을 먹으러…. 어라? 왜 그래, 프리뮬러?"

"여동생에게 줄 선물은 뭐가 좋을까? 어중간한 선물로는 안 돼…. 음미에 음미를 거듭해야만…. 여기서는 도중에 슬쩍 조를 빠져나가서 선물 가게로…. 음? 뭐라고 했나, 사오토메?"

"아무것도 아냐~ 하아… 왜 나는 이 조의 리더가 된 거람? 홋카이도에서는 여러 짐에서 해방되고 싶었는데~…."

히이라기 외에도 꽤나 귀찮은 녀석들이 모여 있다는 생각밖에 안 든다.

힘내라, 프리뮬러. 학생회장인 너라면 어떻게든 될 거야.

※

우리가 처음으로 향한 곳은 삿포로 역 건물.

목적지는 그 건물 6층에 있는, 츠바키가 사전에 조사해 둔 유명한 회전초밥집이다.

이쪽의 초밥은 차원이 다르게 맛있다는 이야기를 들었기에 기대하고 있었는데,

※쉬버링(shivering) : 체온이 내려가면 근육을 움직여서 열을 발생시켜 체온을 유지하려는 생리 현상.

"우왓! 사람이 엄청난데! 맛을 기대할 수 있겠군! 아스나로, 히마와리!"

"후후훗! 아오모리와 이쪽 중 어디가 맛있을지 비교하면서 갈까요!"

"사람, 많네…."

역 건물의 6층. 거기 구석에 있는 회전초밥집은 언뜻 봐도 30명 이상의 사람이 순서를 기다리고 있었다. 상상 이상으로 번성하는 듯해 놀랐다.

"츠바키, 괜찮을까? 이 뒤의 일정을 생각하면…."

"애초부터 사람이 많을 건 계산했고…. 응. 대기 시간은 한 시간일까. 내 예상보다도 일찍 가게에 들어갈 수 있을 테니까, 스케줄상으로도 문제없달까."

가게 입구에 있는 발권기에서 번호표를 받으면서 액정 모니터로 대기 시간을 확인.

그러면 지금부터 한 시간 동안 여기서 대기하는 건가. ……차~~안스!

그렇다면 바로! '히마와리 부활 대작전'을 실행하도록 하지!

작전의 제1스텝은 히마와리의 텐션을 올리는 것!

현재의 축 처진 히마와리에게 '기운 좀 내 봐~'라든가 '정말 귀엽네~' 같은 소리를 해도, 효과가 없을 것은 누구의 눈에도 뻔하다. 하지만 텐션이 회복된 히마와리라면,

'정말?! 무지하게 무지무지 스페셜 귀여워?!'

라고 말해 줄 게 틀림없어! 미안, 조금 이상한 식으로 상상했네. 아무리 히마와리라도 이런 소리까지는 안 하지. 지금 그건 어디의 바보가 말할 만한 말이다.

뭐, 그런고로 히마와리의 텐션을 올리는 방법 말인데 이번에는 공동 작전이다!

나 혼자서 히마와리를 부활시킬 수 없다는 것은 오늘까지의 실패로 충분히 이해했다!

하지만 여기에는 있단 말이지~! 나에게 든든하기 짝이 없는 남자가!

"썬… 알겠지?"

"흥! 맡겨 줘!"

작은 목소리로 소곤거리자, 씨익 하고 열혈 스마일을 하며 엄지를 번쩍.

정말로 썬이랑 같은 조라서 다행이다! 이렇게 든든한 남자는 달리 없으니까!

그러면 바로 우리 둘이서 히마와리의 흥미를 끌 만한 화제를 던져 보자!

하나라도 물어 준다면 그 다음은 간단해!

"어이, 히마와리! 이왕 왔으니까 초밥집에서 승부 안 할래?"

"무슨 승부? 썬?"

역시나 썬. 바로 히마와리에게 효과가 있다.

아무리 약해졌어도 운동부인 히마와리의 근원에 있는 것은 승부에 대한 등불.

거기에 가솔린을 콸콸 부어 주었군.

"어느 쪽이 접시를 더 많이 쌓을 수 있을지 승부다! 말해 두는데, 나는 굶주릴 대로 굶주렸으니까! 지금의 히마와리로는 승산이 없겠지!"

"우우…. 그렇지 않아."

왔다왔다왔다! 축 처져 있던 히마와리의 바보털이 꿈틀 하고 섰다!

그리고 썬이 슬쩍 던지는 눈짓. 말하지 않아도 전해지는 '죠로가 심판을 본다고 말해서 승부를 성립시켜라'라는 메시지.

맡겨 줘, 베프! 그 패스를 확실하게 받아 주지!

"헤에~ 재미있는 승부로군. 그럼 내가 심판을 봐…."

"히마와리. 너무 많이 먹으면 순식간에 용돈이 바닥날걸요?"

아스나로 씨에게서 정론이 날아왔습니다만!

이런! 이대로 가다간….

"…그런가. 그럼 승부는 안 하는 편이 좋겠어."

역시나아아아! 히마와리의 바보털이 추욱 가라앉았어!

"네! 니시키즈타 고등학교 야구부의 에이스 오오가 타이요 씨와의 승부는 그만두죠! 오오가 타이요 씨! 죄송합니다만, 그렇게 해 주시겠습니까?"

왜인지 아스나로는 꽤나 큰 목소리로 썬의 풀네임을 부르는데?

"어, 어어…. 알았어!"

제길! 모처럼 잘되나 싶었는데 실패인가!

하지만 이 정도로 우리가 포기할 거라 생각하지 마! 나와 썬이 있으면….

"어이! 저 사람, 역시 그렇지 않아? 지금 분명히 이름을 말했지!"

"그래! 우와아~! 왜 이런 곳에 있지?"

"어, 어쩌지? 말 걸어 봐? 하지만 좀 그렇지 않을까?"

어? 수학여행에 온 학생이 신기한가?

우리 이외의 대기자들이 이쪽을 보며 뭐라고 수군대고 있잖아.

뭐랄까, 무슨 연예인을 보는 듯한 눈으로….

"저기, 죄송합니다…."

그때 더는 못 참겠다는 듯이 2인조 여대생인 듯한 사람이 말을 걸어왔다.

지금은 '히마와리 부활 대작전'으로 바쁘니까 조금 곤란한데.

"왜 그러시나요?"

"아니, 당신이 아니라…."

응? 내가 아냐? 이 누나들은 대체 무슨….

"오, 오오가 선수 맞죠? 니시키즈타 고등학교의!"

그래, 그랬다…. 우리 조에는 연예인과 필적할 레벨로 유명한 사람이 있었어….

“어, 어어…. 네! 그렇습다!”

“와아~! 역시나! 저, 저기, 괜찮으면 같이 사진 좀 찍어도 될까요? 올해 코시엔 결승전, 정말 감동해서! 팬입니다!”

“정말임까! 고맙습니다! 아, 사진 말이죠?”

“네! 저기, 아, 안 될까요?”

귀엽게 올려다봐도 그건 민폐니까 얼른 사라져, 이 여대생들이.

…라고 할 수 있으면 얼마나 좋을까! 그럴 수는 없습니다.

아아…. 썬이 미안하다는 눈으로 나를 바라보고 있어….

“괘, 괜찮지 않을까? 대기 시간 동안은 한가하고.”

“어, 어어…. 땡큐, 죠로! 어어… 괜찮습다! 다만 여기서는 다른 이들에게 방해가 될 테고… 저쪽에서!”

“네! 잘 부탁드립니다!”

내 베프가아아아아! …제길! 아스나로가 그렇게 큰 목소리로 썬의 본명을 말하지 않았으면 이런 사태는 되지 않았을지 모르는데!

아니, 괜찮아! 사진 촬영이라면 그리 시간을 잡아먹지 않아!

그러니까 그게 끝난 뒤에 다시….

“아, 괜찮으면 저도!

“저도! 저도 부탁합니다!”

"알겠습니다! 다만 우리 순서가 올 때까지만 할 테니까요!"

계속 밀려든다! 북쪽 대지에 그 이름이 너무나도 드날리고 있어~!

이렇게 되었으면 나 혼자서 히마와리와….

"여러분! 오오가 타이요 씨와 사진을 찍을 거면 카메라맨은 이 사람이 맡아 줄 테니까 사양 말고 부탁해 주세요!"

아스나로, 너어어어어!! 북쪽 지방 사람들에게 너무 친절하잖아!

아까부터 그렇게 생각했지만, 지금 이걸로 확신했어! 너는 나를 방해하는 거로군?!

정론으로 승부를 박살내거나 썬의 본명을 큰 목소리로 떠들거나 나에게 다짜고짜 카메라맨을 시키거나… 아니, 냉정하게 생각하면 지금만이 아냐!

수학여행을 오기 전부터 내가 히마와리에게 말을 붙이려고 하면 거의 확실하게 아스나로가 나타났다! 오늘 아침에도 하네다 공항에 히마와리랑 같이 가려고 했던 것을 저지한 건….

"후훗! 열심히 해 보세요, 죠로!"

니시키즈타 고등학교 신문부… 하네타치 히나다.

"와아~! 고맙습니다! 그럼 이거 부탁할게요!"

젠장할~~~! 좀 전의 여대생이 활짝 웃으면서 스마트폰을 건네 왔어!

게다가 다른 사람들에게서도 내 쪽으로 시선이 모였고….
"네. 알겠습니다…."
"고맙습니다! 정말 고마워요!"
나는 진짜로 난처하거든!
"우와! 오오가 선수와 같이 사진을 찍을 수 있다니! 설마 수학여행으로 이쪽에 올 줄은 몰랐어! 게다가 카메라맨까지 데리고!"
"그래! 같이 있는 사람은 박복해 보이는 게 짐꾼으로 완벽해!"
"정말로 그래! 절묘하게 글러 먹은 얼굴이야!"
전부터 생각했는데… 요란제 때도 그렇고, 수학여행 때도 그렇고, 사람들은 왜 나를 이렇게 바보 취급해 대는 거지? 가끔씩은 칭찬 좀 해라.
누가 글러 먹은 얼굴이라고? 둘도 없는 베프란 말이야.

40분 뒤.
예상했던 한 시간보다 이른 단계에서 우리 번호가 호명돼 입점. 기다렸다는 것은 변함없지만, 조금 득 본 기분이다. 글러 먹은 얼굴의 카메라맨 직무에서도 해방되었고.
"으음! 배고프군! 뭐부터 먹을까…."
"생선이 큼직해서 놀랐달까. 이러고서 130엔… 놀라운 가격이랄까."
"히마와리, 비싼 접시만 집으면 안 됩니다?"

"응, 괜찮아. 아스나로."

우리는 5인조였던 것도 있어서, 카운터 자리가 아니라 테이블 자리.

크크큭…. 왔다! 새로운 찬스가!

히마와리를 부활시킬 때 제일 필요한 것! 그것은 대화다!

평소라면 히마와리는 평범하게 말을 걸면 대답해 주지만, 지금의 축 처진 히마와리는 나를 피할 뿐만 아니라 사투리 여자가 방벽을 치고 있어서 제대로 대화할 수도 없다.

하지만 여기라면 어떤 조건을 만족시키기만 하면 대화를 할 수 있지!

회전초밥집의 테이블 자리는 카운터 자리와 달리, 자기가 접시를 집는 게 아니라 컨베이어 쪽에 앉은 녀석이 다른 이가 희망하는 접시를 집는 게 일반적인 시스템이다!

그러니까 컨베이어 쪽 자리에 히마와리를 배치! 이것으로 발생할 가능성이 있다!

'저기, 히마와리. …거기 성게 좀 집어 주겠어?'

'알았어! 나한테 맡겨! 성게! 성게! 성게게게!'

같은 즐거운 대화가!

…응. 이건 바보 녀석과의 대화로군.

뭐, 이 정도로 맛 간 대화는 안 되겠지만, 최소한의 대화는 가능하게 된다!

반대면 히마와리가 나한테 부탁하지 않을 테니까.

크크큭…. 이렇게까지 스무드하게 배치되어서 다행이군.

분명히 아스나로가 또 방해할 줄 알았으니까.

그럼 이번에야말로….

"저기, 죠로. 질문하고 싶은 게 있는데, 괜찮습니까?"

"어, 어어…. 왜 그래, 아스나로?"

이런…. 설마 내 작전을 알아차렸나?

하지만 이미 자리에 앉은 이상, 이제 와서 자리를 바꿀 수는 없을 텐데.

"죠로는 코스모스 선배가 수학여행에 따라오려는 것을 계속 막았죠?

뭐야! 전혀 알아차리지 못했잖아! 깜짝 놀랐네!

"그래. 그 뒤에도 끈질기게 '나도 따라갈래! 같은 비행기로 같이 삿포로 갈래!'라고 해서 단호하게 안 된다고 계속 말했지. 애초에 혼자만 우리 2학년의 수학여행에 섞여서 삿포로까지 따라오다니, 무리잖아. 명백히 붕 뜰 테고."

"**혼자만**? 죠로…. 혹시 당신은 코스모스 선배밖에 막지 않았습니까?"

"아니, 코스모스를 데려오려고 하던 히이라기도 분명히 막았는데."

"…그렇습니까. 코스모스 선배와 히이라기를…. 후훗."

뭐야, 그 수상쩍은 웃음은?

그보다 왜 아스나로는 이 타이밍에 그때 이야기를 했지?

"그러니까 그렇게 된 겁니까…. 가르쳐 줘서 고맙습니다, 죠로!"

"어, 어어…."

아주 멋진 미소라서 오히려 무섭습니다만….

어떻게 된 거지? 나는 코스모스의 수학여행 참가를 저지하기 위해, 코스모스와 히이라기가 떼를 써도 듣지 않았다. 그거면 문제없잖아.

수학여행에 오고 싶어 한 것은 코스모스뿐이고… 아니, 생각은 여기까지!

아스나로는 내 작전을 알아차리지 못한 모양이니, 바로 작전을 실행하도록 하지!

그리고 초밥을 즐긴다! 으음! 사실 나도 홋카이도의 초밥은 꽤 기대하고 있었거든!

물론 지갑과 의논하면서 고를 생각이지만!

어디의 바보라면 여기서 텐션과 식욕을 따라서,

"냠냠냠! 으음! 맛있습니다! …와와앗! 중뱃살이 왔습니다! 이건 제가 먹어야만 하겠습니다! 냠냠냠!"

이라고 말하겠지만, 나는 그런 어리석은 짓은 하지 않아!

중뱃살은 약 500엔의 고가 상품. 한 접시 정도라면 고가 상품도 먹을 생각이 있지만, 그것은 음미에 음미를 거듭해야만 한다.

욕망에 따라 먹고 싶은 대로 먹었다간,

"탄포포, 지갑은 괜찮겠어? 너무 많이 먹으면…."

"냠냠냠! …핫! 듣고 보니 그렇습니다! 어느 틈에 500엔 접시가 석 장! 예정의 두 배 이상의 지출입니다! 냠냠냠!"

같은 일이 일어날 테니까.

이야~! 이러니저러니 해도 나도 꽤나 텐션이 올랐군!

꽤나 리얼하게 코스모스와 탄포포의 목소리가, 아니… 그럴 리 있겠냐아아아아아!

우리 테이블 자리에서 조금 떨어진 곳에 있는 카운터 자리.

거기에는 어떻게 봐도 2학년의 빨간색 리본이 아니라 파란색 리본과 노란색 리본의 니시키즈타 고등학교 교복을 입은 두 소녀가 있고….

"우후웃~! 초밥을 만족스럽게 먹는 저. 왜 이렇게나 무지하게 무지무지 스페셜 귀여운 걸까요? 츠바키 님의 가게에서 설거지를 열심히 한 보람이 있었습니다!"

아주 바보같이 만족스럽게 숨을 내뱉은 뒤, 혀로 자기 입술을 날름 핥았다.

그 모습을 보고 있으니 엄청난 살기가 솟구쳤다.

"아스나로, 네가 말했던 건…."

"그런 겁니다! …그럼 뒷일은 맡기겠습니다!"

젠장할~~~! 멋진 변화구를 꽂아 넣으셨구만!

덕분에 최근의 의문이 하나 풀리고 말았잖아!

매일매일 이상할 만큼 열심히 설거지를 한 이유는 이거였냐!

이놈…. 히이라기네 가게에서 여비를 벌기 위해 코스모스가 임시 아르바이트를 했다고 들었을 때, 또 한 명의 임시 아르바이트생이 무슨 꿍꿍이인지 생각해야 했나….

"정말로 아키노 선배에게는 고마울 뿐입니다! 혼자서 비행기를 못 타는 저를 위해 일부러 같이 와 주다니! 뭐라고 감사의 말을 해야 좋을지 모르겠습니다!"

"후훗, 고맙다고 해야 할 건 내 쪽이야, 탄포포! 죠로에게서 '오지 마'라는 말을 듣지 않은 너를 따라온다는 완벽한 대의명분이 있으면, 나도 수학여행에 갈 수 있어! 으음~ 네 삿포로행을 죠로에게 들키지 않아서 정말로 안도했어!"

정말로 정신머리 나간 멍청한 대의명분을 떠들고 있습니다만, 이건 대체?

설마 내가 모르는 사이에 이런 멍텅구리's가 탄생했다니….

"우후훗! 어리석은 키사라기 선배는 모르고 있겠죠! 우리가 한발 먼저 비행기를 타고 버스가 아니라 전철로 이동해서 압도적으로 빨리 삿포로에 도착했다고는!"

"하하핫! 말이 지나쳐, 탄포포."

헤에~ 그렇군. 어리석은 나는 전혀 몰랐어.

가르쳐 줘서 고마워, 멍청아.

"이제 다음은 슬며시 히이라기의 조에 섞여서, 내일 아사히야마 동물원에서 자연스럽게 죠로 쪽에 섞이면… 더 이상 우리를 돌려보낼 수 없어! 그러면 우리의 승리야! …아아, 보이기 시작했어! 모두와 함께 수학여행을 만끽하는 내 모습이!"

"저도 보이기 시작했습니다! 백곰을 바라보는 저…를 사랑하는 북국의 솜털바라기들의 모습…."

"그 전에 너희 앞에 있는 녀석을 확인하는 게 어때? 코스모스, 탄포포?"

"어머?" "우훗?"

황홀하게 감은 눈을 슬며시 뜨는 멍텅구리's.

당연하지만 그 눈앞에 서 있는 것은 나고,

"아닛! 죠, 죠로! 어떻게 네가?"

"효오오오옷! 키, 키사라기 선배입니다! 왜 키사라기 선배가 여기에 있습니까?!"

사이도 좋게 충격 먹은 얼굴을 했다. 내 쪽이 훨씬 충격을 받았다고.

"그건 내가 할 말이야! 너희들, 홋카이도를 아주 신나게 enjoy하고 계시는 모양이군? 게다가 코스모스만이 아니라… 탄포포~ 너까지 있다니~"

"아니야, 죠로! 탄포포는 잘못 없어! 내가 꼬드긴 게 원인이야! 그러니까 탄포포를 나무라지 말아 줘! …그리고 덤으로 나도!"

"키사라기 선배! 아키노 선배는 아무 잘못 없습니다! 제가 홋카이도에 가고 싶었지만, 혼자서는 비행기를 못 타니까 억지로 데려온 겁니다! 그러니까 아키노 선배를 용서해 주세요! …그리고 덤으로 저도!"

역시나 멍텅구리's. 서로를 감싸면서 자기 몸도 확실히 챙기는군.

"즉 양쪽 다 잘못한 걸로 알면 되겠군?"

"효오오오오…. 큰일입니다, 크나큰 위기입니다!"

"우우우우…. 어, 어쩌지…."

서로의 몸을 껴안고 떠는 멍텅구리's.

마치 버려진 고양이 같은 눈동자지만, 동정할 마음은 요만큼도 없다.

지금 바로 이놈들이 먹은 걸 계산하게 하고 당장에….

"죠로, 진정해. 여기는 가게 안이고, 너무 시끄럽게 하면 안 된달까."

응? 어느 틈에 츠바키가 내 뒤에 와 있군.

분명히 가게 안에서 떠들면 안 된다. 음식점 아르바이터로서 그건 단호히 지키지.

"그리고 이 정도까지 했으면 이미 무리일까."

"무리라니, 무슨 소리야?"

그냥 지금 강제 송환하면 되는 거잖아.

탄포포 혼자라면 귀찮겠지만, 코스모스도 있고.

그러니까 둘을 같이 돌려보내면….

"코스모스 선배. 이미 료칸과 비행기 티켓 예약은 끝냈지?"

"…어? 무, 물론이야! 너희랑 같은… 코호 료칸으로 예약했지! 돌아갈 비행기도 확실히 같은 시간으로 예약했어! 게다가 학교 쪽에 우리의 수학여행 참가도 확실히 인정받았고, 빈틈은 없어!"

정말로 빈틈이 없네! 하는 행동은 바보인데, 능력만 쓸데없이 대단해!

어떻게 학교한테까지 인정을 받았지?!

"그래서 그게 어쨌다고, 츠바키?"

"응. 학교 쪽이야 그렇다고 해도, 료칸과 비행기 예약이 문제일까. 이제 와서 취소하려면 취소 요금이 발생하잖아? 코스모스 선배는 만일의 경우를 고려했겠지만, 탄포포는…."

분명히 그렇군. 이 바보가 긴급 사태를 대비했을 리가 없다.

취소 요금을 지불하면 돌아갈 비행기 티켓을 살 여유가….

"우후훗! 츠바키 님, 저를 얕보시면 안 됩니다! 물론 여차할 때를 대비해서 아르바이트로 모은 돈 이외에도 계속 쓰지 않았던 세뱃돈을 가져왔습니다!"

여기서 '네, 여유가 없어서 못 돌아갑니다!'라고 말하면 그걸로 끝났을지도 모르는데, 활짝 웃으면서 품에서 지갑을 꺼내다니… 여러 의미로 완전 바보다….

"좋아. 츠바키, 이 녀석들을 돌려보내자."

"효왓! 칭찬을 들을 줄 알았는데, 돌려보내려고 합니다! 왜?!"

긴급 사태를 대비해 두었다는 게 발각되었으니까.

"우우우…. 같이 있을 수 있을 줄 알았는데…."

"아니, 코스모스. 왜 그렇게까지 고집스럽게 따라온 거야? 그야 혼자라 외로운 마음인 건 모를 것도 아니지만, 아무리 그래도…."

"하, 하지만! …네가 걱정돼서…."

"내가? 무슨 소리야?"

왠지 코스모스가 머뭇거리며 입을 열기 시작했다.

"그, 그게… 전에 말했잖아! 초등학생 때 너랑 사이좋았던 여자애 이야기를…. 그 애가 삿포로로 이사 갔다고…. 그러니까 아닐 거라고 생각하지만…."

진짜냐…. 그래서 코스모스는 고집스럽게 수학여행에 따라왔나….

"저도 그렇습니다! 최근 키사라기 선배는 뭔가 고민을 품은 표정을 하고 있었으니까, 도움이 되고 싶어서 홋카이도에 왔습니다! 우훗!"

이쪽의 바보는 그냥 편승했을 뿐이겠지. 정말 얄팍한 말이다.

하지만 코스모스는… 아마도 진심이겠지….

"하지만 죠로에게 폐가 된다면 역시 나는…."

"안 돌아가도 돼."

"어?"

"바쁜 와중에 열심히 준비했잖아? 학교 쪽에 허가를 받았으면 문제도 안 될 테고… 마음대로 해."

"저, 정말이야? 정말로 괜찮아?!"

"그래, 상관없어."

그런 얼굴을 하는데 돌아가라고 할 순 없잖아.

"와아~! 고마워, 죠로!"

"우후훗! 역시 키사라기 선배는 저를 좋아하는군요! 역시나 필두 솜털바라기!"

어떻게 이 바보만 강제 송환할 방법은 없을까?

고민스러운 포인트다.

"아무튼 너희는 우리 자리로 와. 테이블석이라서 두 명 정도는 더 앉을 수 있을 테니까. 그러면 대기하는 다른 손님도 들어올 수 있지."

"응! 죠로 말대로 할게! …와아~! 죠로랑 같이 수학여행이다! 해냈다… 해냈다아아아!"

하는 짓은 말도 안 되는 주제에, 묘하게 아름다운 미소를 짓는군.

이러니까 코스모스는 귀찮아….

어디, 예상 밖의 문제도 해결했으니 '히마와리 부활 대작전'을 실행할까!

"여어, 다들! 나랑 탄포포도 홋카이도에 왔어! 모처럼이니 합류하도록 할게!"

"우홋! 여러분! 홋카이도의 천사가 지금 찾아왔습니다!"

"안녕하세요, 코스모스 선배! …아, 탄포포. 다 먹었으면 히마와리랑 교대해서 초밥을 집어 줄 수 있을까요? 귀여운 천사가 초밥을 집는 모습을 꼭 만끽하고 싶어져서!"

"우후홋! 그렇게까지 말한다면 어쩔 수 없네요~! 특별히 집어 드리도록 하죠! 성게! 성게! 성게게게!"

히마와리에게 초밥을 집게 하며 대화하려던 작전, 산산조각!

아스나로의 책략으로 탄포포가 히마와리와 교대해 컨베이어 쪽 자리에 배치되었다!

사투리 소녀의 방어가 너무 단단해서 작전이 성공할 기색이 전혀 없습니다만!

※

결국 회전초밥집에서의 '히마와리 부활 대작전'은 모두 아스나로에게 저지당해서, 히마와리를 부활시킬 수 없었다.

아스나로 녀석, 왜 이렇게까지 방해하지? …가능하다면 이유를 듣고 싶지만, 히마와리에게 찰싹 달라붙어 있어서 전혀 그럴 기회가 보이지 않는데….

"역시 이쪽은 저쪽이랑 기온이 전혀 다르네! …하아~"

내 곁에서 걷는 코스모스는 장갑을 가져오지 않았는지, 자기 손에 입김을 불어서 데우고 있었다. 그 모습이 묘하게 섹시해서 무심코 쳐다보게 된다.

우리가 다음에 향하는 곳은 삿포로에서도 특히나 유명한 관광지인 삿포로 시계탑.

원래 갈 예정이었던 것도 있지만, 거기가 코스모스와 탄포포가 히이라기 쪽과 합류할 포인트였기 때문이다.

"저기, 죠로…."

"왜 그래, 코스모스?"

뭔가 걱정하는 표정으로 코스모스가 나에게만 들리도록 작은 목소리로 말을 걸어왔다.

키 차이 때문에 당연하게도 그녀가 나를 올려다보게 되는 게 좀 부끄럽군.

"저기, 네가 이전에 말했던 여자애 말인데, …그녀는 삿포로에 있는 거지?"

"음… 초등학생 때 그 사건 이후, 양친의 일 관계로… 친가의 료칸을 잇게 되었다면서 삿포로로 이사 갔지…."

"어! 그, 그래?! 그럼 설마…. 아니, 그럴 리는 없으려나."

순간 경계하는 표정을 지은 뒤, 그것을 떨쳐 버리듯이 고개를 흔드는 코스모스.

정말로 내가 걱정돼서 수학여행에 따라온 거로군.

말도 안 되는 짓을 한다는 건 알겠지만, 역시나… 기쁘다.

하지만 그 기쁨에 젖는 것은 잠시. 나에게는 해야만 하는 일이 있다.

"저기, 코스모스. 부탁이 있는데 괜찮을까?"

"어떤 건데? 내가 할 수 있는 일이라면 뭐든지 할게!"

기쁜 언질을 받아 냈군. 그럼 전력으로 그 말을 따르도록 하지.

이번 수학여행이 아니면 절대로 불가능한 일. 그걸 해내기 위해서라도….

"히마와리를 회복시키는 걸 좀 도와주겠어?"

이대로 나와 썬이 작전을 실행해도 또다시 아스나로에게 저지당할 가능성이 있다.

그러니까 아군은 많은 편이 좋다. 게다가 코스모스는 꽤나 든든….

"과연. 그건 무리야!"

전혀 든든하지 않을 것 같다!

"…뭐든지 하는 거 아니었어?"

"아냐. **내가 할 수 있는 일**이라면 뭐든지 한다고 했어. 히마와리 문제는 내게 어려워. …아니, 불가능하니까 하지 않는 거지.”

팬지에게 들었을 때는 반신반의였지만, 이렇게 말하는 걸 보면 이 녀석도 사정을 아는 거라고 통감하게 되는군.

“죠로. 라이벌이 사정을 이해하고 도와준다니, 혹시 내가 히마와리의 입장이라면 분해서 스스로가 비참하게 느껴질 뿐이야.”

무슨 말을 하고 싶은 건지 모를 것도 아냐. …요란제 전의 나 역시 아무리 궁지에 몰리더라도 상위 호환인 그 남자에게만큼은 절대로 도움을 받기 싫다고 생각했고….

하지만, 그래도….

“아! 죠로, 저기가 삿포로 시계탑이야! 자, 가자! 얼른, 얼른!”

“알았어… 일일이 손을 잡아끌지 마….”

아쉽게도 거기서 타임 오버. 현황의 개선은 불가능했다.

차가운 코스모스의 손에 붙잡혀서 나는 삿포로 시계탑으로 향했다.

“코스모스 선배, 바보 스승! 만나고 싶었어~! 이걸로 안심이야! 아주, 아주 기뻐~!”

“왓! 히이라기, 그렇게 갑자기 껴안지 않아도….”

“우후훗! 히이라기 선배는 어리광도 많다니깐요~!”

시계탑 내부의 2층 강당 같은 장소에서 합류하자마자 코스모스에게 안기는 히이라기. 지금까지 히이라기네 조가 얼마나 고

생했는지 알 수 있는 순간이다.

그도 그럴 것이….

“코스모스 선배가 와서 다행이야~ 으으, 힘들어….”

“사, 사오토메, 나는 조금… 쉬도록 할게….”

프리뮬러와 팬지가 완전히 지친 모습이니까.

이 두 사람이 이렇게까지 힘들어하다니, 히이라기는 대체 뭘 한 거지….

“죠로. 나는 무릎베개를 강하게 요망해.”

팬지의 옆에 앉자, 되어 먹지 않은 것을 희망해 왔다.

지쳤더라도 역시 팬지는 팬지다.

“뭐, 잘은 모르겠지만 수고했어, 팬지. …무릎베개는 없어.”

“못됐어. …후훗.”

그렇게 불평하면서도 기쁜 듯이 웃는군. 역시 잘 모를 녀석이다.

“하지만 역시나 삿포로의 관광 명소답네. 우리 학교 학생들도 몇 명이나 있고.”

“그래. 다른 장소에서도 이따금 보였지만, 여기는 특히나 많아.”

삿포로 시계탑에 들르는 게 수학여행의 기본일까, 우리나 팬지 일행 외에도 간간이 니시키즈타 고등학교 학생들이 보였다. 이를테면….

“어, 어라~? 죠로잖아! 이런 장소에서 우연….”

"사잔카도 있어~! 대단해~! 여기가 내 도원향이야~!"

"우와아아! 자, 잠깐만, 히이라기! 갑자기 껴안지 마!"

"와아! 북쪽의 대지에서 나는 외로움에 굴하지 않고 애썼어! 그러니까 사잔카는 나를 열심히 돌봐 줘야 해!"

"왜 그렇게 되는데! 으으, 진짜!"

이쪽에 오려다가 히이라기에게 붙잡힌 사잔카라든가.

그 밖에도 시계탑 앞에서 열심히 여자에게 말을 거는 아나에 등도 있었지만, 아쉽게도 아직 스키장을 녹일 운명의 상대와는 만나지 못했다… 아니, 계속 실패하고 있었다.

참고로 히이라기가 제일 붙잡고 싶어 할 츠바키는 오랜 경험으로 자기 위험을 감지하고, 히마와리나 아스나로와 함께 1층으로 도망쳤다. 역시나 대단하다.

사실은 나도 히마와리와 함께 있고 싶었지만… 지금 상황이면 어렵겠지.

…하지만 물론 '히마와리 부활 대작전'을 포기한 건 아니다.

사실은 있단 말이지~! 내가 준비한 대박 작전이!

다만 그걸 실행하기 전에 가능하면 해 두고 싶은 게 있다.

그건….

"저기, 팬지. 부탁이 좀 있는데…."

"그거라면 나는 도와줄 수 없어."

빠르다. 빨라, 팬지 씨. 말하기도 전에 내용을 특정해서 거절하지 말아 줘.

되든 안 되든 물어보았지만, 상상 이상의 속도로 거절당했어….

"알고 있잖아? 그 일에서 나와 코스모스 선배와 사잔카는 힘이 될 수 없다는 걸."

슬쩍 사잔카도 추가했네. 뭐, 그럴 거라고 생각했습니다요….

하아…. 어디에 좀 없나? 썬 이외에도 나에게 매우 든든한….

"우후훗! 키사라기 선배! 왜 그렇게 박복한 얼굴을 하고 있나요? 어쩔 수 없으니까 초절천사인 탄포포가 이야기를 들어 주도록 할게요!"

아니, 포기하자. 마음을 정리하고 혼자서 힘낼 수밖에 없다.

마침 히마와리 쪽 애들도 2층으로 올라왔고.

"팬지, 나는 슬슬 츠바키 쪽과 합류하러 갈게."

"알았어. 잠깐이라도 함께 있을 수 있어서 기뻤어. 고마워, 죠로."

일일이 이 정도의 일로 그런 소리 하지 마.

보통은 방약무인이 옷을 입고 다니는 것 같은 녀석인데… 이럴 때만 기특해지지 말라고.

"잠깐! 왜 저를 무시하고 가는 겁니까! 우훗!"

바보를 상대할 여유가 없으니까 그래, 바보.

"히마와리, 츠바키! 클라크 박사입니다! 모처럼이니까 함께 사진을 찍어요!"

"응…. 알았어…."

"음, 좋아."

"그럼 카메라맨은 나한테 맡겨 줘! 확실하게 찍어 주지!"

시계탑 2층에 있는, 녀석이 앉은 클라크 동상과 즐겁게 사진을 찍는 여자애들.

녀석이 뭔지는 알아서 이해해 줘. 그 단어를 말하는 것조차도 꺼려지는… 그 녀석이야.

또한 카메라맨 담당인 썬은 아까까지와 달리 모자와 마스크를 장착하고 있다.

코트는 준비하지 않았지만, 이쪽은 만일을 위해 준비한 모양이다.

유명인이 되는 것도 꽤 고생이군.

"간다? …자, 치즈!"

촬영이 끝난 타이밍에 나도 썬 쪽에 합류.

"오! 그래, 히마와리! 모처럼이니까 죠로랑 둘이서 사진 찍을까?"

"…괜찮아. 소꿉친구인 나만 그러면 안 돼."

"그, 그런가. 알았어!"

썬, 고마워. 나에게 합세해서 히마와리를 격려하려고….

하지만 여기서부터는 맡겨 줘.

보여 주지! 비장의 '히마와리 부활 대작전'을!

"어이, 츠바키. 제안이 좀 있는데, 괜찮을까?"

"죠로, 무슨 일일까?"

본래 이 이야기는 히마와리에게 직접 하고 싶었다.

하지만 아무래도 히마와리는 아스나로라는 단단한 벽이 지키고 있다. 파고들 틈이 전혀 보이지 않는다. 그러니까 우리 조의 리더인 츠바키에게 말한다.

그것밖에 이 작전을 성공시킬 방법은 없다.

"저기, 이다음에 삿포로 TV 타워에 갈 예정이지?"

"음. 그런데, 죠로는 달리 가고 싶은 장소가 있는 걸까?"

역시나 츠바키. 내가 말하고 싶은 바를 바로 알아채다니 고마울 따름이야.

그럼 선보이도록 할까! 비장의 최종병기를!

"그래. 이다음에 말이지, ……아마오우 크림빵을 먹으러 가지 않겠어?"

이겁니다요, 이거! 히마와리라고 하면 크림빵, 크림빵이라고 하면 히마와리!

히마와리의 대명사라고 할 수 있는 아마오우 크림빵을 섭취시키고 즐거운 대화!

이거야말로 내가 준비한 최종병기! 이걸로 히마와리를 부활시켜 주지!

"으음… 아마오우 크림빵이라…."

음? 왜인지 츠바키의 표정이 별로인데?

예정을 변경하는 게 싫은 걸까? 아니, 그렇다고 해도 지금 발언은 이상하다.

마치 아마오우 크림빵이 내키지 않는다는 듯한 말로….

"실은 나… 아니, 나와 히마와리와 아스나로, 시계탑에 들어가기 전에 아마오우 크림빵을 먹었어. 히마와리가 나눠 줘서…."

내가 코스모스에게 붙잡혀서 시계탑에 들어간 사이에 그런 일이 일어났나!

…음? 왠지 히마와리가 내게 등을 돌려서 더플코트의 후드를 보여 주는데, 대체 뭘… 아닛!

"아마오우 크림빵이라면 여기 많이 있어…. 죠로도 먹을래?"

어떻게 되어 먹은 거냐, 그 더플코트?!

후드 안을 확인하니, 가득하게 들어 있는 아마오우 크림빵.

만반의 준비라는 레벨이 아니잖아, 이건!

"나도 밖에 나가면 먹으려고 했으니까…. 아직 다섯 개밖에 안 먹었고…."

다섯 개나 먹었냐! 기운이 없어도 그 점은 흔들림 없군!

하아… 이것도 작전 실패인가…라고! 넘어갈 줄 알았냐!

히마와리가 아마오우 크림빵을 준비했을 거란 건 당연하게도 예상 끝!

애초에 최종병기가 '아마오우 크림빵을 먹으러 간다'로 끝이면 재미가 없지!

그게 아니거든요~! 내가 먹자고 말한 것은,

"아니, 나는 **평범한** 아마오우 크림빵이 아니라 **홋카이도 지역 한정**으로 판매되는 '아마오우 크림빵 유바리 멜론 맛'을 먹으러 가고 싶어."

"지, 지역 한정… 유바리 멜론, 맛?!"

왔다아아아아! 히마와리의 바보털이 파파팟 하고 초고속으로 좌우로 흔들리기 시작했다!

어떤 원리인지는 모르지만, 효과는 확실하다!

수학여행 전, 도서실 업무가 끝나고 가방을 확인했더니 어째서인지 들어 있던 가이드북.

일부러 꼼꼼하게 포스트잇까지 붙어 있던 페이지에 적혀 있었지!

'아마오우 크림빵 유바리 멜론 맛'의 정보가! 이거야말로 나의 진정한 최종병기다!

"너희가 먹은 건 그냥 아마오우 크림빵이지? 그러니까 홋카이도 한정 유바리 멜론 맛을 파는 가게에 가 보지 않겠냐는 제안이야."

"그런 건가. …그럼 다수결로 정할까. 다들 어느 쪽이 좋아?"

"나는 죠로의 의견에 찬성이다! 유바리 멜론 맛을 먹어 보고 싶고!"

"저는 예정대로 삿포로 TV 타워에 가고 싶습니다."

츠바키는 중립, 썬은 찬성, 아스나로는 반대. 예상한 전개다.

즉 이젠 히마와리에게 모든 것이 맡겨진 건데….

"나, 나도… 우우… 유바리 멜론 맛… 먹고 싶어."

조오오옿았어어어어어어! 이걸로 히마와리를 낚았다아아아아!

뭔가 갈등은 있었던 모양이지만, 멋지게 내 작전에 걸려들었다!

이제 제일 귀찮은 아스나로가 남았는데….

"하아…. 알겠습니다…. 다수결에 따르도록 하죠…."

좋아! 간신히, 간신히 작전이 성공했어! 이걸로 히마와리가 부활하면… 이번에야말로 나의 최대 목적인 '멋진 추억' 만들기에 전념할 수 있다!

※

"죠로, 잘됐군!"

"그래, 썬도 찬성해 줘서 고마워."

무사히 삿포로 TV 타워에서 유바리 멜론 맛으로 예정을 바꾸는 데에 성공한 우리는 드디어 시계탑을 출발. 팬지 일행이나 사잔카 일행도 함께 오려나 했는데, 녀석들은 녀석들대로 예정이 있어서 여기서부터는 별도 행동. 우리보다 한발 먼저 삿포로 시계탑을 출발했다.

그럼 얼른 가 보실까! 유바리 멜론 맛으로!

"저기, 죄송합니다! 전 니시키즈타 고등학교 야구부의 **주장**인 아나에라고 합니다! 바로 그 오오가 타이요가 있는 팀의 **주장**인 아나에라고 합니다!"

아니? 시계탑 밖으로 나오니 꽤나 주장이라고 어필하는 아나에가 있잖아.

…몇 번이나 실패했을 텐데도 아직도 스키장을 녹이는 것을 포기하지 않았나.

"아, 그런, 가요…. 아하하… 주장이로군요."

녀석이 말을 붙인 여자는… 우와! 엄청 미인이네!

165센티미터 정도의 키. 굴곡이 뚜렷한 몸매. 예쁘게 기른 생머리. 품위 있는 얼굴로, 마치 그림에서 튀어나온 듯한 미인이다.

옷차림은 몸매가 드러나는 하얀색 터틀넥, 네이비색 무통 코트.

어른스러운 분위기가 넘쳐난다. 아마도 대학생이겠는데.

"아, 아나에…. 그건 너무 힘든 상대 아닌가?"

나도 썬에게 찬성. 저런 미인에게 남자가 없을 리 없잖아.

"저기, 애인 있습니까?! 혹시 없다면… 없을 경우만이라도 좋습니다만! 그때는 나와 함께 스키장을 녹이러 가지 않겠습니까?!"

"네?"

아나에, 그 말은 아냐. 헌팅에 쑥맥인 나라도 알 레벨로 아냐.

이거 이번에도… 어라? 왠지 저 누나, 활짝 웃고 있는데?

"후훗…. 재미있는 사람이네요. 스키장을 녹이면 많은 이에게 폐가 될 테니까 안 되지만, 당신에게 조금 흥미가 생겼어요."

"정말입니까?!"

정말입니까?! 아니, 무심코 나도 같은 생각을 했어!

"네. …하지만 미안해요! 저기, 난… 소중한 사람이 있어서…."

"뭐! 뭐라고요오오오오?!"

응. 이쪽은 예상대로군. 역시나 남자가 있는 건가.

왜 일부러 띄워 줬다가 절벽에서 미는 건데, 누나?

"그, 그렇습니까…. 크윽…! 간신히 만난 나의 운명의 사람이…."

아나에, 너무 성급한 거 아니냐. 이제 됐으니까 얌전히 포기해.

"그럼 하다못해 가르쳐 주겠습니까?! 당신의 소중한 사람… 그 사람은 어떤 남자입니까?!"

마치 10년의 사랑에 짓눌린 듯한 말이군.

“알겠습니다. 나의 소중한 사람은….”

응? 누나가 갑자기 발을 옮기는군. 그렇다면 근처에 남자가 있나.

이런 엄청난 미인이 사귀는 남자는 어떤 미남일까?

잡지 모델의 나이스 가이인가? 또는 어패럴 기업의 사장인가?

“이 사람입니다!”

아니! 얼마나 대단한 녀석인가 했더니….

“어떻습니까? 멋진 사람이죠?”

대수로울 것 없는 나잖아!

이 누나가 내 팔을 꼭 껴안고… 아니, 이게 다 뭐야아아아아아!

“자, 잠깐만! 뭐, 뭐 하는….”

“팔을 껴안고 있어요. 보면 모르겠나요?”

“그런 의미가 아니라!”

뭐야, 이 갑작스러운 급전개는?!

“후훗. 물론 알고 있어요. 조금 놀렸을 뿐.”

내 혼란을 예상한 것처럼 누나는 가볍게 웃었다.

“아, 아니! 그럼 왜 나를…. 그보다 처음 보는 상대에게 이러는 건….”

“아니에요.”

네? 나와 이 누나가 처음 보는 게 아니라고?

"아, 죠로…. 너 그런 미인하고 무슨 관계…."

"뭔가 엄청나게 재미있을 것 같은 예감이 드는군요…."

"음. 이건 나도 깜짝 놀랐달까…."

나와 이 누나의 모습을 보고 아연해지는 같은 조 멤버들.

하지만 그런 가운데 유일하게 다른 반응을 보이는 인물이 있었다. 그건….

"아, 어어… 으음… 혹시…."

히마와리였다.

아스나로의 몸을 꼭 껴안고, 뭔가 진지한 표정으로 이 누나를 바라보고 있었다.

그 시선을 깨달은 누나는 가볍게 미소를 띠고 히마와리를 보며,

"여전히 어리광쟁이구나."

어딘가 달관한 듯한 목소리로 그렇게 말했다.

"……!"

그 말에 움찔 몸을 떠는 히마와리.

하지만 두 사람의 대화도 그걸로 끝. 그녀는 다시 한번 내게 시선을 돌리고,

"자, 문제입니다. 나는 대체 누구일까요?"

하얀 숨결과 함께 묘하게 에로틱한 말을 건네 왔다.

"어? 아니, 저기…."

"째깍… 째깍…."

아니, 그렇게 즐거운 눈치로 고개를 흔들지 말아 줘. …으으, 살랑거리는 머리카락이 닿고 있고, 왠지 달콤한 샴푸 향기가… 아니, 그게 아니라!

지금 히마와리의 태도. 나와 처음 보는 게 아니라는 발언.

즉 그건….

"네, 타임 오버."

내 생각이 정리되기도 전에 타임 업. 동시에 팔을 껴안는 힘이 강해졌다.

잘 보니, 이 누나의 꽤나 하얀 얼굴의 뺨만이 희미하게 홍조를 띠고 있었다.

"그럼 정답은…."

천천히 이어지는 말. 긴장으로 미동도 할 수 없는 내 옆으로 돌아오더니,

"당신을 정말 좋아하는 여자입니다."

그 말과 동시에 내 뺨에 부드러운 감촉이 전해져 왔다.

삿포로 시계탑 앞에서 발생한 갑작스러운 급전개.

내 뺨에 갑자기 키스를 해 온 누나.

모두가 아연해진 가운데, 처음에 입을 연 것은,

"츠바키. 역시 나, 아마오우 크림빵, 안 먹을래."

왠인지 방금 전보다 훨씬 의기소침해진 히마와리였다.

"어? 하지만 히마와리도 가고 싶다고…."

"안 돼…. 내가 어리광부리면, 안 돼…. 그럼, 평소랑 똑같아져…. 그러니까, 예정대로, 삿포로 TV 타워 갈래…. 그쪽이 다들 즐겁고."

"음, 알았달까…."

우오오오오오!! 조금만 더 가면 되는 거였는데!

왜 이렇게 되는 거야!

나를 좋아하는 건
너뿐이냐

나는 까다로운 부탁을 받는다

"후훗. 조금 부끄러웠네요."

삿포로 시계탑 앞에서 말도 안 되는 짓을 저지른 뒤의 그 누나가 처음으로 한 말은 이것.

눈처럼 새하얀 뺨에 홍조를 띠고, 어딘가 겸연쩍은 듯이 웃으면서 나를 바라보았다.

"아, 아니…. 너, 설마… 읏!"

"타임 오버인 사람에게 대답할 권리는 없습니다!"

갑자기 내 입에 검지를 가져다 대고 있는데요!

사람들 앞에서 용케도 태연히 이런 짓을 할 수 있군! 무슨 멘탈이 이래?!

"저기, 어어… 으응…."

음? 히마와리가 조심스럽게 누나에게 말을 걸려고 하고 있네.

이 누나도 그걸 알았는지, 어른스러운 미소를 지으며 히마와리를 바라보고 있다.

"정답 발표는 나중에. 만나서 기뻤어요. …후훗."

하지만 두 사람 사이에 그 이상의 진전은 없었다.

마지막으로 꽤나 의미심장한 말만 남기고, 그 누나는 삿포로 시계탑을 떠나갔다.

아주 조금 서두르는 듯한 발걸음.

눈 속으로 사라지는 그 뒷모습은 어딘가 환상적이라서, 나는 무심코 그 모습을 바라보고 있었다.

그 누나가 누구고, 왜 그런 짓을 했는지 매우 궁금하지만, 지금은 이 이상 생각하지 말자. …내게는 더 우선해야만 하는 일이 있으니까.

그건 물론 '히마와리 부활 대작전'이다!

설령 어떤 예상 밖의 트러블과 만나더라도, 이것만큼은 양보하면 안 돼!

그런고로 당초 목적대로 아마오우 크림빵 유바리 멜론 맛을….

"츠바키! 시간이 아까우니까, 얼른 삿포로 TV 타워로 가요!"

"응. 그럴까. …히마와리도 그럼 될까?"

"응. 나도 그편이 좋아…."

그렇겠죠! 은근슬쩍 넘어갈까 싶었는데, 완전 틀렸네요!

"죠로, 멍하니 있지 말고 얼른 가자. 시간은 유한하달까."

"음…. 알았어…."

결국 최종병기도 불발로 끝나고, 나는 히마와리를 부활시킬 수 없었다.

제길…. 거의 다 됐는데….

※

안 좋아…. 매우 안 좋아….

결국 삿포로 TV 타워에서도 나는 히마와리를 부활시킬 수 없었다.

아무리 도전하려고 해도 사투리형 방벽 포니식 개량형 아스나로가 저지했기 때문이다.

이대로 가다간 내 수학여행 최대의 목적인 '멋진 추억' 만들기는 도저히 달성할 수 없을 것 같다. …어쩌지? 이미 삿포로 관광은 모든 예정을 소화하고, 지금은 우리가 머무를 코호 료칸으로 가는 길이다. 거기서라도 '히마와리 부활 대작전'에 계속 도전할까?

하지만 나는 이제 곧….

"저기, 죠로. 잠깐 괜찮을까?"

"응? 왜 그래, 썬?"

나란히 걷던 썬이 평소의 열혈 보이스가 아니라 차분한 목소리로 내게 말을 걸어왔다.

"뭐, 야구 얘기라도 잠깐 할까 하고."

"야구 얘기?"

왜 갑자기 그런 화제를?

"야구의 공격은 말이지, 나 혼자서 하는 게 아냐. 모두가 협력해서 타선을 이어 나가서 점수를 따지. …그러니까 자기 타석이 아닐 때는 다른 동료를 믿고 기다릴 수밖에 없어."

"어, 어어…. 그렇군…."

자기가 주자로 나갈 경우도 있지만, 지금은 그걸 생각하지 않아도 되겠지.

그런데 썬은 왜 이런 이야기를? 의미도 없이, 갑작스럽게 할 것 같지는 않은데….

"즉, …지금은 우리 타석이 아냐."

"뭐? …뭐어?! 그, 그건…."

설마… 아니, 틀림없다. 썬은 야구로 비유해서 내게 이렇게 말하는 것이다. '히마와리 문제에 이 이상 고개를 들이밀지 마라'고….

"대체 왜? 녀석 안의 '소꿉친구'란 마음을 바꾸면…."

"그게 아냐, 죠로. 녀석의 고민은 그게 아니었어."

그건 또 뭐야?! 히마와리의 고민이 '자기가 소꿉친구'라는 게 아니라고?!

"'소꿉친구'란 것은 그렇게 중요하지 않아. 더 중요한 것이 따로 있어. 그리고 그건 우리로서는 어떻게 할 수 없어…. 특히나 죠로, 너는 말이지."

도무지 모르겠다. 우리… 특히나 내가 어떻게 할 수 없는 일이라고?

"괜찮아. 히마와리는 네 생각보다 훨씬 강한 녀석이야. 게다가 도와줄 수 있는 든든한 타자도 우리 외에 분명히 있어."

그 말에 내 머리에 떠오르는 한 인물. 분명히 녀석이라면….

"그러니까 **녀석들**을 믿고 기다려 보자!"

"녀, 녀석들?"

어이어이, 무슨 소리야? 썬이 말하는 '든든한 타자'.

그중 한 명은 알 것 같다. …틀림없이 **녀석**이다.

하지만 썬은 '녀석들'이라고 말했다. 즉 달리 누가 더 있다는 말이다.

"뭐, 누구인지는 신경 쓰지 마! 대단한 홈런 타자란 것만큼은 내가 보증할 테니까! 안심하고 맡기면 돼!"

썬이 그렇게 말하는 걸 보면 정말로 든든한 녀석이겠지.

"알았어? 그러니까 우리는 이만 물러나자."

"……."

솔직히 말하자면 지금까지 여러모로 도전하고서 어중간하게 손을 떼는 것은 좀 그렇다.

하지만 썬이 말하는 '내 행동이 역효과를 낳는다'라는 것도 충분히 이해할 수 있다.

이전에 내 상위 호환인 그 남자도, 중학생 때 그 바람에 큰 실수를 저질렀으니까.

그렇다면….

"알았어. 나는 이 이상 아무것도 하지 않을게. …믿고 기다리기로 하지."

"그래! 그게 팀플레이란 거지!"

내 최종 목적인 '멋진 추억'을 만들기 위해서, 히마와리의 부활은 반드시 필요하다.

그러니까 그걸 위해서 '아무것도 하지 않는다'가 최선이라면, 나는 히마와리에게 아무것도 하지 않는다.

"삿포로 TV 타워에서 본 경치, 아름다웠어! 삿포로 시내가 한눈에 보이고!"

"응, 아주 예뻤어…."

"아름답기도 하지만, 거리 구조가 재미있었달까. 삿포로 시는 위에서 보면 바둑판 모양으로 만들어졌지."

내 앞을 걸어가면서 화목하게 대화하는 세 소녀.

솔직히 말하자면 걱정이 이만저만 아니지만, 그래도 썬의 말대로 믿고 기다리자.

히마와리와 '든든한 타자'들을….

그리고 어떤 의미로 딱 좋은 타이밍이기도 하지.

내 최종 목적은 '멋진 추억'을 만드는 것이지 '히마와리 부활'이 아니다.

그리고 그 목적을 달성하기 위해서 '히마와리 부활 대작전' 이상으로 우선해야만 하는 일이 슬슬 시작된다.

"그런데 죠로. …결국 시계탑에서의 그 여자랑 너는 무슨 관계지?"

윽! 이것 참 나이스 타이밍이라고 할까, 뭐라고 할까….

"모르겠어…. 저기, 혹시나 하는 건 있지만… 그거라면 여러모로 행동이 이해가 안 가는 점이 많아."

"그런가. …뭐, 모르는 걸 계속 끙끙거려도 헛일인가!"

짐작 가는 사람이 딱 한 명 있다. …하지만 아무래도 확신을 가질 수 없다.

이유는 간단하다. 그 누나는 내가 아는 **그 녀석**과 다른 점이 너무 많다.

"오! 츠바키, 저기로군! 우리가 머물 료칸!"

"음, 썬의 말이 맞달까. 간판에 코호 료칸이라고 적혀 있고… 어라?"

하지만 그 수수께끼는 곧 풀린다고 나는 확신하고 있었다.

왜냐면….

"로맨틱한 재회를 기대했나요? 아쉽군요, 그렇게는 안 됩니다."

눈앞에 그 사람이 서 있으니까….

재등장이 빠르잖아.

조금 정도 더 묵힐 줄 알았는데, 순식간에 나타났잖아.

료칸 입구에서 웃으며 우리에게 인사하는 여자는 삿포로 시계탑에서 만났던 무시무시한 미녀…지만, 아까랑은 옷차림이 다르다. 시계탑에서는 어른스러운 패션이었지만, 지금은 차분한 분위기의 기모노로 갈아입지 않았나.

으음~…. 라이트노벨의 표지가 기모노면 매상이 줄어든다고 하지만, 실제로 보니까 좋네~ 왠지 내포된 매력이라고 할까… 아니, 그게 아니지.

"자, 문제입니다. 왜 나는 여기에 있는 걸까요?"

출제는 좋지만, 일일이 내 옆으로 오는 건 그만둬.

아니, 그 이유는 이미 예상이 가지만….

"코호 료칸의 종업원, 이니까?"

"50점. 정답은 종업원일 뿐만이 아니라 당신을 빨리 만나고 싶었기 때문이었습니다."

괜한 옵션은 붙이지 않아도 돼.

혀를 날름 내미는 모습은 아주 귀엽지만. 어른스러운 외모인데, 하는 짓은 어린애 같아서 좋네. 어디의 이전 학생회장처럼 너무 유아 퇴행을 하면 곤란하지만.

"저기, 너는 죠로와 아는 사이야?"

"그건 저도 궁금했습니다! 아무래도 재미있을 것 같은 예감이 들어서!"

"응. 나도 알았으면 한달까. 가능하면 네 이름도."

그런 누나에게 모두가 흥미진진한 기색이다.

"저기, 어어…."

그저 히마와리만은 어딘가 조심스럽게, 뭐라고 말하려는 듯이 머뭇거렸다.

"지당한 질문이네요. …하지만 나로서는 내 이름을 그가 맞춰 주었으면 싶네요. …그러니까 다시 한번 물을까요? 이번에는 힌트도 포함해서."

그렇게 말하며 누나는 다시 한번 나를 똑바로 바라보기 시작했다.

"자, 질문입니다. 나는 대체 누구일까요. …**죠**."

그 호칭…. 역시나 그랬나….

나를 '죠'라고 부르는 여자는 이 세상에 한 명밖에 없지.

즉 이 누나… 아니, 이 아이는….

—와아! 내 승리!

—우우~ 도둑 잡기는 히마한테 이길 줄 알았는데….

운동으로는 승산이 없다며 두뇌전으로 도전했던 도둑 잡기에서 히마와리에게 한 번도 조커를 넘길 수 없어서 패배하고 고개 숙이는 소녀.

정말로 분했던 거겠지. 눈동자에 눈물을 글썽이고 원망스러운 듯이 히마와리를 노려보았다.

—그럼, 다음은 대부호 하자, 대부호!

하지만 그런 시선을 전혀 모른 채, 히마와리는 천진난만하게 트럼프 카드를 모아서 다음 게임을 제안했다.

—히마, 슬슬 숙제 하자. 너무 놀지만 말고….

—안 돼! 대부호 안 하면, 난 숙제 시작 못해!

초등학생 때… 우리 셋은 항상 이랬다.

히마와리가 말도 안 되는 고집을 피우고, 소녀가 거기에 휘둘린다.

그리고 마지막에….

—죠. 죠는 어떻게 생각해?

내게 도움을 청하지.

다만 아쉽게도 내가 히마와리에게 무슨 소리를 해도….

—히마와리, 나도 슬슬 숙제를….

—괜찮아! 다 같이 하면 재미있어! 그러니까 다 같이야!

영문 모를 히마와리 이론을 내세워 댔다.

—이러는데.

—우우…. 알았어! 하면 되잖아, 하면!

중학생이 되기 전, 썬과 만나기 전의 나와 히마와리만의 이야기에 있던 소녀.

마지막에 괴로운 추억과 함께 삿포로로 이사를 갔던 소녀.

그 소녀의 이름은….

"…라이, 인가?"

카시바나(香紫花) 히노토(丁). 조금 남자 같은 이름이지만, 틀림없는 여자.

과거에 내가 깊이 상처를 주었고 그대로 헤어졌던, 나와 히마와리의 초등학교 동급생.

이름의 한자를 재배열하면 라일락(紫丁香花)이 되기 때문에, 나는 '라이'라고 불렀다.

설마 이런 미인으로 성장하다니….

"정답! 똑똑히 기억해 줘서 기뻐, 죠!"

지금까지의 정중한 어조에서 풀어진 어조로 변하는 라일락.

…잊을 리 없잖아. 라일락은 나의… 아니, 다 지나간 이야기다.

"그런고로 다들, 인사할게! 죠의 초등학교 때 동급생에, 지금은 본가인 코호 료칸에서 종업원으로 일하는… 카시바나 히노토입니다! 라일락이라고 불러 줘!"

아직 이해가 안 가는 건 많지만, 딱 하나는 알게 됐어.

삿포로 시계탑에서 헤어질 때 '정답은 나중에'라고 말한 이유는….

"예약자 명단을 보고 깜짝 놀랐어! 설마 니시키즈타 고등학교에 죠가 있다니! 그러니까 오늘을 기대하면서 손꼽아서 기다렸습니다!"

그렇게 된 거겠지~ 처음부터 나와 히마와리가 자기가 일하는 료칸에 온다는 걸 알고 있었으니까, 삿포로 시계탑에서 이름을 대지 않고 떠난 건가.

하지만 이름을 밝힌 지금도 믿을 수 없어….

내가 알던 라일락은 외모에 흥미가 없어서 마구잡이로 기른 머리가 특징적인 녀석이었다. 이렇게 예쁘게 차려입은 모습은 본 적이 없어.

더불어서 가장 큰 차이는 성격.

라일락은 평소부터 내성적으로, 히이라기 정도는 아니지만 낯가림이 심한 타입의 얌전한 여자애였다. 무슨 일이 있어도 오랜만에 재회했다는 이유로 갑자기 내 뺨에 키스를 하는 황당한 행동을 하는 녀석이 아니다.

그런 라일락이 이렇게 밝은 성격이 되다니….

"그·런·데·말·야!"

말에 맞춰서 한 걸음씩, 총 다섯 걸음.

리드미컬하게 이동해서 어떤 인물 앞에 서는 라일락.

그건 말할 것도 없지만….

"항상 자기 고집만 부리고 기운이 남아돌던 아이가 아주 조용한 건 어째서일까? 히마?"

히마와리의 앞이었다.

"라, 라이… 많이 자랐네…. 오랜만…."

"히마는 예전이랑 거의 변함이 없잖아. 덕분에 한눈에 보고 바로 알았어. 히마는 나인 줄 알았어?"

"응. 그러지 않을까 했어…."

"고마워. 하지만 히마가 기운이 없는 건 싫은데~ …아, 그렇지!"

턱에 집게손가락을 대고 있던 라일락은 뭔가 떠오른 듯 크게 팔을 벌렸다.

그리고 그대로….

"라이 파워~! 충~전!"

힘껏 히마와리를 껴안았다.

"와앗!"

"어때? 기운 났어? 예전에 내가 기운 없을 때, 이러며 격려해 주었잖아?"

"아, 아하하… 고, 고마워…."

"아차…. 실패인가~ 좀처럼 원조처럼은 안 되네…."

지금은 히마와리가 기운이 없다는 이유도 있지만, 정말로 초등학생 때랑은 입장이 뒤집힌 듯한 상황이군.

"그럼 이 이상 여기서 이야기하기도 그렇고… 우리 집… 코호 료칸을 안내할게! 니시키즈타 고등학교 일행 여러분, 저를 따라 오세요~!"

그 뒤에 우리는 라일락의 안내를 받는 형태로 우리가 수학여행 동안 머물… 코호 료칸에 들어갔다.

※

코호 료칸에 들어간 우리는 학생 전원이 집합한 뒤에 각자에게 지정된 방으로.

남은 예정은 목욕과 저녁 식사뿐이라서, 학급별 목욕 시간이 돌아올 때까지는 자유 시간이다.

히마와리 문제는… 솔직히 걱정이긴 하지만, 다른 녀석들에게 맡기기로 했다.

그러니까 나는 믿고 기다릴 뿐. 앞으로 내가 뭘 할 일은 없겠지.

하지만 그건 내 최종 목적인 '멋진 추억' 만들기를 맡긴다는 의미가 아니다.

나는 나대로 해야 할 일을 할 생각이다.

얼마 전의… 요란제 때처럼 헛일만 하다가 끝나면 안 될 테니까. …그러니 내 방에서 앞으로의 작전을 짜고 있었는데,

"전개가 너무 빨라서 놀랐어…."

"괜찮아! 죠를 계속 기다린 나에게는 느릴 정도였으니까, 합쳐서 반으로 나누면 딱 좋아!"

그런 시간이 내게 주어지는 일은 결코 없었다….

현재 위치는 료칸의 방이 아니라 프런트 로비에 설치된 소파.

거기서 나는 라일락과 함께 앉아 있었다.

…아니, 처음에는 방에서 느긋이 쉬려고 했거든. 그랬더니 라일락 녀석이 찾아와서 '죠를 빌려 갈게요~'라고 하면서 나를 끌고 갔으니까.

여러 의미로 어색해진 나는 그 지시에 따라서 여기까지 온 거다.

"하지만 시계탑에서는 나도 놀랐거든? 설마 그런 장소에서 죠랑 히마와리와 재회할 줄은 생각도 못했으니까! 그래서 기쁜 나머지 그런 일을 했습니다! …기뻤어?"

"한없이 난감했어."

"뿌우~! 거기서는 거짓말이라도 기뻤다고 해야 하지 않아?"

"너한테는 내 거짓말이 안 통하잖아."

"후훗. 그래. 금방 읽어 낼 자신은 있어."

초등학생 때부터 라일락은 내 거짓말을 읽어 내는 쪽으로 뛰어났다.

그러니까 나는 거짓말을 하지 않는다. …아니, 그런 이유는 나중에 갖다 붙인 거다.

그저 순수하게 이 녀석에게만큼은 거짓말을 하고 싶지 않았다.

그렇게 생각했을 텐데… 그 사건 때 나는 가장 안 좋은 거짓말을 했지….

"저, 저기…. 라이."

"으음? 왜 그래, 죠? 나한테 질문할 거라도 있어?"

질문이야 산더미만큼 있다.

그 뒤로 어떻게 지냈어? 왜 시계탑에서 그런 짓을 했어?

하지만 그보다 제일 먼저 확인해야 할 것은….

"원망하지 않아? 나는 라이를…."

초등학생 때, 일어난 씰 도난 사건.

당시 반 여자애들 사이에서 씰을 모으는 것이 유행했다. 그리고 우리 반을 주도하던 여자애의 씰이 도난당하는 사건이 발생했고, 라일락이 그 범인으로 의심을 사서 모두에게 규탄당했다. …하지만 실제로는 아니다. 왜냐면 라일락은 도난이 일어났다고 여겨지는 시간에 나와 단둘이 있었으니까. …하지만 나는 그걸 말하지 않았다.

여자애와 단둘이 있었다는 게 알려지면 모두가 놀릴 거라 생각해서, 내 생각만 하느라 라일락을 희생시킨 것이다.

그리고 그렇게 궁지에 몰린 라일락을 구한 것은 히마와리. '잘 찾아보면 나올 거야'라면서 필사적으로 씰을 찾아서… 도둑맞았다고 말한 아이의 교과서 사이에 끼워져 있던 씰을 찾아냈다.

"그래~ 그때는 정말로 슬펐어! 히마는 도와주고, 죠는 전혀 도와주지 않아서! 아주 외로웠고 슬펐어~!"

정말로 잘못했습니다! 역시나 화가 났으려나~….

그 사건은 라일락에게 괴로운 추억일 뿐이었을 테고.

"미, 미안! 그때 일은 정말로 반성하고 있어! 그러니까 쥣값으로…."

"그럼 가볍게 머리라도 밀겠다면 용서해 줄게! 까까머리로."

"실현 가능한 것 중에서 꽤나 무거운 벌이잖아, 어이!"

"앗! 지금은 옛날 죠 같아! 다행이다. 재회한 뒤로 계속 뻣뻣해서 조금 쓸쓸했거든?"

윽! 뭐, 그럴지도 모르지.

아니, 하지만… 이렇게 미인이 된 것도 놀랍지만, 성격도 전혀 다르잖아.

"까까머리는 농담이니까 안심해! 대신 다른 부탁을 하겠지만!"

"차, 참고로 그 다른 부탁이란 것의 내용은?"

"후훗. 궁금해?"

윽! 본인에게는 그럴 마음이 없겠지만, 아주 살짝 몸을 굽혀서 내 얼굴을 밑에서 올려다보는 모습이 묘하게 에로틱하다.

"뭐…. 저기… 궁금은 하지…."

"자, 문제입니다. 내 부탁은 대체 무엇일까요?"

그러고 보면 이전부터 라일락은 문제를 내는 것을 꽤 좋아했지.

항상 이렇게 '자, 문제입니다'라고 말했어. 옛날 생각이 나네….

"으음… 친구가 필요하다…든가…."

"뿌우! 틀렸어! 죠, 나를 옛날처럼 생각하지 마! 이쪽에서 친구가 많이 생겼으니까! 라이는 학교에서 인기가 많아!"

그 말을 듣고 안심했어.

예전처럼 나랑 히마와리밖에 친한 이가 없는 상황은 아니로군.

"뭐, 멋진 남자친구라면 모집 중이지만!"

"그래서 정답은?"

"체엣…. 조금 더 부끄러워해도 좋을 텐데…. 왠지 죠는 여자한테 이상하게 내성이 붙지 않았어?"

기분 탓이겠지.

결코 처음부터 솔직하게 호의를 보여 주는 여자를 수상쩍게 여기는 것은 아니거든?

"그럼 정답 발표입니다! 정답은~… 두구두구두구…."

입으로 드럼 소리를 내기 시작했다. 여전히 정답 발표를 질질 끄는군.

"나한테 '즐거운 추억'을 만들어 주었으면 합니다!"

"응? 그건…."

"봐! 모처럼 이렇게 재회했으니까, 예전의 싫은 추억을 즐거운 추억으로 바꿔 버리고 싶어! 그러니까 죠! 나한테 '즐거운 추억'을 만들어 줘!"

언뜻 들어선 내 목적인 '멋진 추억'과 대단히 비슷한 부탁이라서 기꺼이 받아들이고 싶지만, 방심은 금물이다.

라일락의 '즐거운 추억'이 나에게 안 좋을 가능성도 있고.

"참고로 자세히 들어 보고 싶은데?"

"안 됩니다! 정답은 이미 발표했으니까요!"

그럴 것 같았습니다요. 왠지 안 좋은 예감이 커지는군.

"그래서 죠의 대답은?"

…어디, 어떻게 한다? 부탁인 이상 거절할 수도 없다…고 생각한다.

하지만 안일하게 받아들였다가 나중에 아픈 꼴을 보는 건 피하고 싶고….

"하아~ 슬펐어~…. 초등학생 때, 죠가 도와주지 않아서~"

"기꺼이 받아들이겠습니다!"

"와아! 고마워, 죠!"

저기, 협박이지? 과거의 일을 미끼 삼아서 나한테 팍팍 압력을 가한 거지?

"후훗. 사실을 말하자면, 그 일로 죠를 요만큼도 원망하지 않았어. 하지만 이건 기회니까 이용해 봤어!"

미안한 빛도 없이 웃으면서 윙크를 날리는 라일락. 그 미소는 아주 조금 초등학생 때의 느낌이 남아 있어서 나도 무심코 웃음이 나왔다.

…뭐, 라이가 기뻐해 준다면 됐나.

아니, 오히려 감사의 말을 해야 할 건 내 쪽일지도 모른다. 그런 짓을 한 나를 용서해 주고… 내 팔을 꼭 끌어안아 주잖아~! 이거 대단해….

아니, 진짜로 예뻐졌구나. …라일락.

마치 그림으로 그린 듯이 균형 잡힌 몸매, 단정한 얼굴. 초등학생 때부터 '귀엽다'고는 생각했지만, 이렇게 '예쁘다'는 방향이 될 줄은 솔직히 예상도 못했어.

어쩌면 진짜 모습의 팬지와 필적하든가, 그 이상의….

"저기…. 나 귀여워졌어?"

"그래. 상상 이상으로."

"그렇다면 가끔은 나를 상상해 준 거네. 기뻐라."

자잘한 말로 기뻐하지 마….

"죠는 내가 상상했던 것보다 멋져…지진 않았나."

"미안하네, 기대에 어긋나서."

"그건 아냐, 죠! 상상한 그대로였으니까 한눈에 바로 알았어. 그러니까 딱 기대한 대로야! 오히려 기대에 어긋난 건 죠가 바로 날 알아차리지 못했던 점일까나~"

"어, 어쩔 수 없잖아! 저기, 외견도, 성격도 꽤나…."

"아하하! 뭐, 그래. …어흠! 사실 이 성격은 중학교 데뷔. 예전의 나는 소극적이고 친구가 적었잖아? 그 바람에 그런 사건에 휘말렸으니까 이대로는 안 되겠다 싶어서 분발하여 자기 개혁을 했습니다!"

크게 헛기침을 한 뒤, 자기 가슴에 손을 대면서 말하는 라일락.

그런가…. 그 사건을 통해 라일락은 이런 성격으로 변했다…. 아니, 스스로 변화시켰다는 건가. 왠지 나와 비슷하군…. 아니, 이제 와서 이런 소리 따윈.

초등학생 때부터 그랬잖아.

라일락은 묘하게 나랑 비슷한 구석이 있었다. 그러니까 나는….

"어라? 죠가 엄청 열렬한 눈동자로 나를 바라보네? 혹시 귀여워진 내게 가슴이 두근거리는 걸까?"

"아니! 무, 무슨 소리! 오히려 변하지 않은 점에 안심했다고 할까…."

"그래! 변하지 않은 곳은 변하지 않았어!"

아무리 외견이나 성격이 변하더라도 내 눈앞에 있는 것은 초등학교 동급생인 카시바나 히노토다. 본인도 말했듯이 분명 그 근본은 하나도 변하지 않았다.

기쁜 듯하면서 적적한 듯한… 조금은 복잡한 기분이 드는군.

"그래서 죠 쪽은 어때?"

"응? 무슨 이야기야? …아, 우왓!"

라일락 녀석, 갑자기 바짝 다가오잖아!

이, 이런…. 엄청난 미인이 된 것만으로도 놀라운데, 그 미인이 내게 바짝 얼굴을 들이대고 있어. 그 부드러워 보이는 입술이 지금도 닿을 듯한 거리까지….

“자, 문제입니다. 내 마음은 초등학생 때부터 하나도 변하지 않았습니다. …그럼 죠의 마음은 어떻게 되었을까요?”

“뭐, 뭐야…. 그 문제….”

“대답해. 알고 싶어….”

말과 동시에 꽤나 에로틱한 숨결이 전해져 왔다.

내 마음…. 그건….

“아쉽지만, 크게 변했다고 생각해. 어리석은 돼지인 죠로는 눈 앞의 욕망에 아주 충실하니까. …그렇죠, 코스모스 선배?”

“맞는 말이야, 팬지. 죠로의 마음은 틀림없이 변화했어. 그러니까 이런 상황에서 그의 마음이 변화할 가능성이 있는 것은 우려스러운 사태라고도 할 수 있지만. …그렇지, 사잔카?”

“그, 그래! 죠로의 마음은 내가 바꾸겠다고 결심했으니까!”

어라? 왠지 대단히 불온한 목소리가 세 개 정도 들려온 듯한 느낌이….

“패, 팬지, 코스모스, 사잔카!”

깜짝 놀랐다! 갑자기 목소리가 들려온다 싶더니, 라일락의 뒤에서 팬지와 코스모스와 사잔카가 나타났잖아!

“왜 너희가 여기에….”

“일과인 스토킹으로 죠로의 방에 숨어들어서, 같은 방인 베에타에게 부디 죠로를 내 방으로 유도해 달라고 협박… 어흠, 의논했더니, 이 료칸의 여성이 당신을 불러냈다는 이야기를 들었으니까.”

“너와 같은 방인 썬에게 부디 밤에 죠로를 내 방으로 송환할 수 없을까 의논하러 갔더니, 네가 아무래도 아름다운 여성을 따라 나갔다는 이야기를 들었으니까.”

“따, 딱히 상관없잖아! 잠깐 죠로를 만나러 방에 갔다가 같은 방인 아루후와한테 네가 어른스러운 여자를 따라갔다고 들었으니까!”

같은 방의 모두들, 미안! 특히나 베에타와 썬! 이상한 일에 휘말려서….

“그래서 아루후와에게 주먹으로 온건하게 죠로가 간 곳을 들었으니까!”

아무래도 아루후와가 제일 고생했던 모양이다. …정말로 미안!

“저기, 누구신지?”

놀란 표정으로 세 사람을 바라보며 고개를 갸웃거리는 라일락.

간신히 몸이 해방되었기에 조금 안심했다.

“저기, 죠. 혹시 이 사람들은 죠를….”

읏! 라일락, 내가 대답하기 어려운 질문을 태연하게 하지 말아 줘.

"아~ 그건 말이지…."

"그래, 당신이 생각하는 그게 맞아."

말하지 마~! 지금까지의 나와 라일락의 대화를 짐작하고서 간단히 말하지 말아 줘~!

"그런가! 그럼 취미도 맞을 것 같고 친해질 수 있겠네! …자기소개를 할게! 나는 죠와 히마의 초등학교 때 동급생이고, 지금은 이 료칸에서 종업원으로 일하는 카시바나 히노토야! 라일락 혹은 라이라고 불러 줘!"

용케 이런 상황에서 태연하게 자기소개를 할 수 있구나….

"잘 부탁해. 니시키즈타 고등학교 도서위원인 산쇼쿠인 스미레코야."

"잘 부탁해. 나는 아키노 사쿠라. 친구들에게서 코스모스라고 불리고 있어."

"마야마 아사카야. 사잔카라고 불리고 있어."

"스미레코에 코스모스, 그리고 사잔카인가! 다들 귀엽지만, 코스모스는 아주 어른스러운 미인이네! 도저히 동갑으로는 안 보여!"

그래. 라일락이 보자면 수학여행을 왔으니 나나 자기랑 동갑이라고 생각하겠지. 사실은 멋대로 따라온 한 살 연상의 3학년이지만.

"고마워. 라일락도 아주 예뻐."

이 여자, 자기 나이에 대해서는 설명을 생략했다.

"정말?! 고마워!"

웃으며 기쁜 듯이 인사하는 라일락이 아니라, 나를 바라보는 코스모스.

눈길이 평소와 비교해 꽤나 예리해서 조금 무섭다.

"죠로. 그녀가 이전에 네가 말했던…."

"그래…. 삿포로에서 재회한 거야."

"그렇구나…. 역시 내가 따라온 게 정답이었던 모양이네…."

정답일 리가 없으니까. 그 의기양양한 얼굴은 뭔데?

하지만 어쩐다? 이거 엄청난 수라장이 될 듯한데.

게다가 이 이상 괜한 정보가 라일락에게 전해지는 것도 피하고 싶고….

"저기, 만일을 위해 확인하고 싶은데, 너희 셋 중 누군가가 죠와 그런 관계라든가…."

"아, 아냐! 하지만 우리는 죠로와 '2학기가 끝날 때에 한 명에게만 자기 마음을 전한다'는 약속을 했으니까!"

사잔카 씨이이이이이이! 괜한 텐션으로 라일락한테 이상한 소리 하지 마!

"흐응…. 죠는 내 상상 이상으로 멋져지진 않았지만, 내 상상 이상으로 인기인이 된 모양이네…. 덕분에 많이 알았어!"

좋아. 도망치자. 이 이상 일이 묘해지기 전에 모든 걸 내던지고 도망치자.

"아… 라일락. 미안한데 나는 이만 방으로 돌아갈게. 짐 정리라든가…."

"나한테 '즐거운 추억'을 만들어 준다고 말하고서?"

그런 건 비겁하다고 생각합니다만!

"…알았어…. 여기 계속 있을게…."

"와아! 후훗…. 고마워, 죠!"

아주 활기 넘치고 좋은 미소입니다.

아니, 이 상황에서 라일락은 대체 뭘 할 생각이지?

"저기, 세 사람 다. 괜찮으면 같이 이야기 안 할래?"

제정신입니까, 라일락?

"난 고등학생인 죠에 대해서는 전혀 모르지만, 초등학생 때의 죠에 대해서라면 많이 알고 있으니까. 정보 교환하자!"

제정신입니까, 라일락?!

"어떤 이야기가 있을까?"

"어디 보자~ 초등학생 때라면… 이를테면 죠가 수업 중에 화장실 가기 창피해서 꾹 참다가 최종적으로…."

"저기, 세 사람은 날 찾고 있었지?! 무슨 일이라도 있어?!"

이 이상 라일락이 괜한 소리를 하게 놔두면 안 된다!

어떻게든 이야기를 돌려서….

"결국 터져서 모두에게 한동안 '리얼죠로'라고 불리게 되었어!"

"내가 말을 돌린 의미는?!"

"아슬아슬하게 결말을 말해 냈다고 칭찬해 줬으면 해!"

칭찬할 리가 없잖아! 그걸 저지하고 싶어서 끼어들었어!

"그랬구나. 미안해, 리얼죠로. 그만 이야기가 엇나가 버렸어."

"나도 깜빡했어. 미안해, 리얼죠로."

"미안해! 하지만 그렇게 큰 소리 내지 마, 리얼죠로."

리얼죠로를 연호하지 마.

하아…. 싸움 같은 게 일어나지 않은 건 좋지만, 대가가 너무 크잖아….

"후훗! 다들 친해질 것 같아서… 어머? …아! 이런!"

어라? 라일락이 스마트폰을 확인하더니 다급한 표정을 짓는군.

대체 무슨 일이지?

"미안! 사실은 더 이야기하고 싶지만, 호출이 있어서…. 저녁 식사 준비를 슬슬 시작해야 해!"

나이스 호출! 그렇다면 이 이상 내 치부가 드러날 일은 없겠다.

"여엉차! …아, 저녁 식사는 실력 좀 부릴 테니까 기대해!"

빙긋 웃으면서 서둘러 떠나가는 라일락.

으음, 이걸로 무사히 해방되었군! 자, 그럼 이번에야말로 방에서 느긋하게….

"우리가 당신을 찾던 이유 말인데… 삿포로 시계탑에서부터 지금까지 일어난 일을 상세하게 듣고 싶어서 그랬으니까… 리얼죠로."

쉴 수 있을 리 없겠군요….

하아…. 이런 식이면 과연 나는 목적을 달성할 수 있을까?

※

그 뒤로 세 사람에게 지금까지의 경위를 설명한 나는 상당한 위기적 상황에 빠졌지만, 구세주 썬의 '슬슬 목욕 시간이다!'라는 말 덕분에 궁지를 탈출.

방에 돌아와서 갈아입을 옷과 료칸의 목욕 타월을 들고, 썬이나 다른 룸메이트들과 함께 료칸의 온천으로. 거기 탈의실에서 옷을 벗고 목욕 준비를 하고 있자….

"쿠후~…. 쿠후~…. 산쇼쿠인, 무시무시한 여자로다…."

"주, 죽는 줄 알았어…. 사잔카에게 괴로움 없이 죽을 뻔했어…."

"너희들 괜찮아? 내가 코스모스 선배와 이야기하는 사이에 대체 무슨 일이…."

코스모스 담당이었던 썬 이외에는 뭔가 트라우마가 생긴 모습이었다.

정말로 미안. 나랑 같은 방인 바람에….

하지만 내가 그것에 대해 말을 꺼내기도 그렇고, 여기서는 조용히….

"어이, 죠로. 뭐라고 중얼대고 있는데, 설마 너 노천온천의 벽을 넘어서 여탕을 엿보러 간다든가, 쿠후…. 쿠후…."

"헛! 그럴 리 없잖아!"

"그런가? 왠지 네 눈이 이상하게 음란하게 빛난 것처럼 보였는데…."

전조 등자아아아앙! 아니, 아무도 해 주지 않아서 어떻게 할까 싶었는데, 베에타가 확실히 해 주었잖아! 안심했어!

"안 한다고 했잖아. 말해 두겠는데, 나는 겁쟁이거든? 흥미가 없는 거는 아니지만, 그 이상으로 들켰을 때를 생각해야지."

"분명히 그렇군! 괜히 이상한 소리해서 미안했다, 죠로!"

"하핫! 신경 쓰지 마, 베에타!"

오히려 고맙다고 해야 할 테니!

"좋았어, 아루후와! 아까의 공포는 잊어버리고, 누가 먼저 몸을 다 씻는지 경주를 할까! 쿠후!"

"으으음! 그거 재미있는 제안이군! 마음의 더러움도 깨끗이 씻어 내는, 나의 목욕 실력을 보여 주도록 하지! 크으~!"

“어이어이, 잠깐! 그렇게 재미있는 일에 내가 참가하지 않을 리가 없잖아!”

즐거운 보이즈 토크로 꽃을 피우며 온천으로 가는 세 사람.

다른 녀석들도 이미 온천으로 갔는지 탈의실에는 나 혼자다.

자, 여러분! 오랫동안 기다리셨습니다!

설령 어떤 상황에서도 이것만큼은 하지 않을 수 없죠!

현재 위치는 남자 탈의실.

고로 내가 아무리 바라더라도 여탕을 엿보는 것, 여탕으로 돌격하는 것은 불가능하다.

하지만, 하지만! 모두들 알아차렸으리라고 생각하지만, 내게는 위대한 분이 계시다!

지난번에는 홀수 권인 주제에 욕심 부리다가 초콜릿 사건을 발발시켰지만, 이번에는 짝수 권!

확실히 위대하신 분의 힘을 받을 수 있다는 소리야!

…어? 서론이 평소보다 길다고? 하하핫! 이 개구쟁이가!

어떤 일이든 그 이유는 있는 법이야.

즉 이 이상하게 긴 서론에도 확실한 이유가 있다!

애초에 이번은 평소와 다르다!

수학여행… 온천… 권수와 비례하듯이 늘어나는 미소녀들.

그런 이들 전원을 등장시키는데 한 페이지로 될 것 같아?! 될

턱이 없지!

즉, 이번에는… 갈 수밖에 없잖아! '전장 삽화'란 것을!!

그럼 슬슬… 위대한 분을 소환하도록 하겠습니다!!

우오오오오오오오오!!

친애하는 우리 세계의 지배자(일러스트레이터)… 신(브리키)이시여! 나에게 위대한 힘을 주시옵소서!

왔다아아아아아아!! 대단해! 이거, 정말로, 대단해애애애애!

정말로 항상 감사합니다!

일부러 스토리의 흐름이나, 학급별이라는 룰도 깡그리 무시하고 라일락까지 더해 주셔서 정말로 황공무지할 따름입니다!

※

수학여행 2일 차.

오전 7시에 기상해 아침 식사를 마친 뒤 준비를 하고, 오전 8시 30분에 코호 료칸 앞에 있는 버스에 학급별로 승차. 그 뒤로 버스를 타고 약 두 시간.

우리는 오늘의 목적지인 아사히야마 동물원에 도착했다.

수학여행 2일 차는 아사히야마 동물원 관광. 학급별로 설정된 루트로 동물원을 구경하고, 최종적으로 버스 앞에서 집합하는 예정이다.

…자, 본래라면 오늘도 '히마와리 부활 대작전'에 도전하자고, 코호 료칸에 도착하기 전의 나라면 기합을 넣었겠지만… 그쪽으로는 더 이상 관여하지 않는다.

"히마와리! 오늘도 같이 재미있는 시간을 보내죠!"

"…응."

기운 넘치는 아스나로와 의기소침한 히마와리. 텐션이 정반대인 미니 콤비.

정말로 괜찮나 싶은 걱정도 없는 건 아니지만, 그래도 믿을 수밖에 없다.

"썬, 오늘은 신세를 질까. 부탁해."

"음! 맡겨 줘, 츠바키!"

참고로 츠바키는 신장 180센티미터를 넘는 썬이 곁에 있으면, 놓아 키우는 상태인 어느 동물에게서 몸을 숨기기 쉽다는 이유로 썬과 돈다는 모양이다.

"다만 잠깐만 기다려 봐! …어이, 아스나로!"

"왜 그러나요, 썬?"

응? 썬이 아스나로에게 뭐라고 말하는군. 대체 뭘… 아니, 이 이상 신경 쓰면 안 돼. 내게는 해야 할 일이 있으니까.

…어? 그게 뭐냐고? 뻔하잖아.

"후훗. 오늘은 기대하고 있을게, 죠!"

코호 료칸의 종업원, 카시바나 히노토 씨와의 '즐거운 추억'을 만드는 것입니다. 네.

내가 라일락의 아사히야마 동물원 참가를 안 것은 오늘 아침의 일. 료칸 출구에 와 있던 버스에 타려고 했더니, 생글생글 웃으며 옆에 서는 라일락. 배웅이라도 나왔나 했더니, 활짝 웃으면서 '즐거운 추억, 만들자'라면서 따라왔다.

"아사히야마 동물원 안내는 맡겨 줘! 난 몇 번이나 왔으니까!"

아니, 그야 아사히야마 동물원에 있는 건 우리 니시키즈타 고등학교 학생만이 아니니까, 일반 손님으로 라일락이 오는 전 전혀 부자연스럽지 않거든?

다만 설마 아사히야마 동물원까지 따라올 줄이야….

"저기, 모처럼이니까 다른 애들과 함께라든가…."

"나는 죠**하고만** '즐거운 추억'을 만들고 싶어~!"

나왔습니다! 내가 절대로 거스를 수 없는 한마디입니다!

"…알았어."

"와자! 역시 죠는 성장했어도 여전히 죠야!"

천진난만한 미소로 두 주먹을 불끈 쥐며 기뻐하는 모습.

겉모습은 어른스러워 보이는 미인인데, 하는 짓은 조금 애 같은 면이 있다니 비겁하잖아….

"…그렇게 됐으니까! 뒷일은 맡길게, 아스나로!"

"잘은 모르겠지만, 알겠습니다! 그럼 저는 히마와리와…… 어라? 우왓! 히마와리, 저를 두고 먼저 가지 마세요! 저도 같이 갈 거니까요!"

썬과 이야기하는 사이에 먼저 동물원을 향해 걸어가는 히마와리를 아스나로가 포니테일을 흔들면서 다급히 쫓아갔다.

"죠! 지·금·은·나!"

"알았다고…."

우연히 눈에 들어왔을 뿐이니까, 그렇게 토라져서 내 팔을 잡아당기지 마.

뭐라고 할까, 라일락은 예전보다 꽤나 고집스러워진 것 같은데….

"자, 얼른 가자! Let's dash야, 죠!"

"어, 어이! 잡아당기지 말라고, 라이…."

밝은 목소리로 내 손을 끄는 라일락. 그 미소가 아주 조금 초등학생 때를 떠올리게 해서, 나는 무심코 그 말에 따랐다.

※

정문으로 입장하여 처음으로 들어간 곳은 펭귄관.

안에 들어가자 수중 터널이란 것이 존재하고, 거기를 종횡무진 펭귄들이 헤엄치고 있었다.

"펭귄은 귀여워~ 특히나 그 걸음이. 아장아장 걷는 게 아기 같다고 해야 하나? 죠는 그런 생각 안 해?"

"음, 귀엽지."

수중 터널을 지나 안으로 들어가자, 거기에 있는 것은 수많은 종류의 펭귄들.

멍하니 서 있거나, 바위 위로 올라가려고 분투하거나, 졸거나, 행동은 가지가지다.

…오, 아스나로와 히마와리도 왔나. 저쪽의 상황은 어떤 느낌으로….

"히마와리, 알고 있습니까? 펭귄은 골격을 보면 항상 무릎을 굽히고 쭈그린 자세죠. 그러니까 항상 투명의자에 앉은 것 같은 자세로 걷고 있습니다! 대단하죠? 수행승이라고요, 수행승!"

"아스나로, 수행승은 딱히 투명의자에 앉은 자세로 걷지 않아."

히마와리가 딴죽을?! 일은 상상 이상으로 심각할지도 모르겠다….

"자, 죠! 같이 사진 찍자! 자, 얼른!"

"어, 어어…. 그러니까 그렇게 달라붙지 않아도…."

"안 돼! 모처럼 같이 있으니까! 껴안고 있어야지!"

뭐냐고, 그 말도 안 되는 이론은?

"…아스나로, 얼른 가자."

"어, 어어… 네! 알겠습니다!"

정말 한순간 이쪽을 본 뒤에, 히마와리는 서둘러 펭귄관에서 나갔다.

그렇게 작게 웅크린 뒷모습이 왠지 눈에 밟혀서….

"뿌뿌~ 라이가 외로워하고 있습니다~!"

"아! 미, 미안!"

이런. 머리로는 알면서도, 그만 히마와리 쪽을 신경 썼어….

지금은 라일락의 바람을 들어주고 있으니, 다른 일은….

"아, 펭귄! 나랑 같이 사진 안 찍을래? 죠, 죠로랑도 같이!"

사잔카, 유리 너머로 펭귄에게 말을 걸면서 이쪽을 힐끔힐끔 보는 건 아무리 그래도 무리 아닌가? 너무 솔직해지긴 했지만, 여전히 변화구도 좋아하는군.

"정말? 괜찮아?! 아, 알았어! 그럼 지금 죠로를 데려올게!"

우연히 펭귄이 고개를 까딱인 것을 승낙으로 판단했는지, 사잔카가 꽤나 신이 난 기색으로 이쪽으로 왔다. 하지만….

"저기, 죠로, 나랑 같이…."

"사잔카, 지금은 내가 죠랑 같이 있는데~?"

살짝 울컥한 표정인 라일락이 사잔카의 앞을 가로막았다.

"따, 딱히 괜찮잖아! 나도 조금 정도는…."

솔직히 말해서 사잔카의 요망에 따라도 좋다고 생각한다.

하지만….

"아니, 사잔카. 사잔카의 마음은 알겠지만, 아~주~ 잘 알겠지만, 오늘만큼은 나한테 양보해 줘! 난 지금밖에 죠랑 같이 있을 수 없어! 응? 부탁할게!"

두 손을 모으고 사잔카에게 고개를 숙이는 라일락. 약하게 나가는 것 같지만, 그 말에는 절대로 양보할 수 없다는 마음이 담겨 있는 것 같다.

"하, 하지만, 나도… 나도…."

라일락의 마음을 이해하면서도 자기 마음을 억누를 수 있을지 고민하는 걸까, 사잔카는 내 대답을 기다리는 것처럼 여겨졌다.

"어, 저기… 그러니까 말이지, 나는…."

"죠. '즐거운 추억', 만들어 주는 거지?"

알고 있다고…. 일일이 그렇게 못 박지 마.

"미안, 사잔카. 오늘 나는 라이랑 같이 동물원을 구경할 거니까…."

"우, 우우~!! 알았어! 그럼 오늘뿐! 오늘뿐이니까!"

"미안… 사잔카."

"와아! 고마워, 사잔카!"

"따, 딱히 됐어! 애, 애초에, 나는 딱히 죠로랑 같이 사진을 찍고 싶었던 것도 아니고! 그저 펭귄이랑 같이 사진을 찍고 싶었을 뿐이고!"

얼굴을 붉히며 고개를 돌리는 사잔카. 하지만 그대로 곁눈질

로 나를 째릿 노려보더니,

"…오늘뿐이니까."

작은 목소리로 그렇게 중얼거렸다.

"죠, 이거 봐! 저기에 눈표범이 있어!"

"그러네. …오, 옆에는 다른 표범도 있나."

"저쪽은 아무르표범이네! 색깔이 다르니까 알기 쉽지?"

다음에 간 곳은 맹수관의 표범 코너. 특수한 형태의 우리 안에 있는 눈표범을 정면만이 아니라 위나 아래에서도 볼 수 있다. 다만 아래에서 보는 것은 조금 위험하다. 주의문에도 적혀 있는 이야기인데, 눈표범의 오줌 세례를 받을 가능성이 있다나 보다.

…응? 저건….

"와와왓! 히나타 선배랑 하네타치 선배가 아닙니까! 이런 곳에서 만나다니 우연이네요! 우훗!"

"아, 탄포포…."

"어라? 탄포포네도 여기에 있었네요."

아무래도 루트가 겹친 걸까, 다른 반인 팬지와 히이라기, 덤으로 따라온 탄포포가 히마와리와 아스나로에게 말을 걸고 있었다. 저쪽은 저쪽대로 재미있는 모양이다.

"히마와리와 아스나로네! 만나서 기뻐~!"

"와! 히이라기, 갑자기 껴안지 말아 주세요."

"후우…. 조금은 해방되었어. …츠바키는 어디에 있어?"

수학여행 중의 팬지는 히이라기를 돌보느라 꽤나 고생하는 인상이로군.

지금도 꽤나 민첩하게 주위를 둘러보며 츠바키를 찾고 있고….

아무래도 썬과 함께 도는 쪽을 택한 츠바키의 판단은 틀리지 않았던 모양이다.

"우후훗! 히나타 선배, 눈표범이에요! 저걸 보고 어떻게 생각하나요?"

"응? 귀엽다고 생각하는데?"

"우후훗! 그건 바로 제 이야기 아닌가요~! 하지만 무슨 말을 하고 싶은지는 알겠습니다! 눈표범에게도 제 귀여움을 전하는 쪽이 좋다는 거죠?"

역시나 바보. 왜곡의 정도가 너무 왜곡돼서 어떻게 할 수가 없다.

"우후후훗! 눈표범 씨, 어떤가요? 귀엽죠? 당신의 천사입니다!"

촐싹거리면서 눈표범 주위를 어슬렁거리고 자기가 마음에 드는 장소에서 포즈를 취하는 바보에게 눈표범은 지루한 듯이 하품을 해 댔다.

전혀 흥미 없다는 눈치인데….

"어? 위에서 들여다보듯이 저를 보고 싶다고요? 우후훗! 특별히 해 드리죠."

바보 말기에 돌입한 바보는 전혀 모르는 모양이다.

그리고 그 행동을 보자면… 주의문을 전혀 읽지 않은 모양이군.

"타, 탄포포. 아래로 가는 건 위험해…."

"괜찮아요, 히나타 선배! 이 눈표범 씨는 저를 정말로 좋아하고 좋아하니까요! 밑에서 봐도… 효오오오옷?!"

이미 역시나라고밖에 할 수 없는 속도로, 예상대로의 전개가 일어났다.

아사히야마 동물원에 울리는 바보의 절규. 무슨 일이 일어났는지는 말할 것도 없다.

"크, 큰일이야! 바보 스승에게 황금색 축복이 쏟아졌어! 바보야!"

그래. 대단한 바보라는 건 틀림없네.

"후에에에엥! 저는, 저는 그저 눈표범 씨에게 제 귀여움을 보여 주려고 했을 뿐인데, 그렇게까지 부끄러워하지 않아도 되지 않나요! 너무해요, 너무해요~…."

"아무튼 갈아입을 걸 사러 가자. 또 최대한 닦아 내고…."

그리고 울음을 터뜨린 바보를 데리고 팬지가 어딘가로 갔다.

아마 저쪽은 저쪽대로 아사히야마 동물원을 만끽하고 있는 모양이다. …아마도지만.

“가 버렸네….”

“여전히 대단하네요. …탄포포는.”

그리고 남겨진 히마와리와 아스나로는 그저 멍하니 그 모습을 지켜보았다.

참고로 아사히야마 동물원 경험이 풍부하다던 라일락도,

“와오오…. 저걸 맞는 사람, 처음 봤을지도….”

뭔가 감탄한 듯이 그렇게 말씀하십니다.

그런데 말이지, 조금 궁금한 점인데… 바보가 한 마리 부족하지 않았나?

오늘의 아사히야마 동물원. 우리 2학년 이외에 수학여행에 참가한 사람은 세 명.

코호 료칸의 종업원인 라일락, 1학년이면서 멋대로 따라온 황금색의 축복자.

그리고 3학년인….

“좋았어~! 다음은 늑대의 숲이야, 죠로! 일본늑대는 아쉽게도 없지만, 다른 늑대는 있으니까! 상상 이상으로 커서 분명 깜짝 놀랄걸!”

프리덤 이전 학생회장은 여기에 있었습니까….

어느 틈에 내 옆에서 신나서 발언하는 것은 멋대로 따라온 3학년 코스모스.

팬지 일행과 함께 있지 않았던 것은 이쪽으로 다가왔기 때문인 모양이다.

"어이, 코스모스…."

"왜 그래, 죠로? 아, 학급별 견학이라면 신경 쓰지 않아도 돼! 왜냐면 나는 어느 반에도 소속되지 않았으니까! 즉 자유행동이 가능하다는 소리!"

알고 있어. 애초에 여기에 있는 것 자체가 자유행동이라고밖에 할 수 없는 결과니까.

"아니, 그게 아니라. 오늘 나는…."

"알고 있어, 라일락과 함께 동물원을 구경하고 다니는 거지? 그러니까 거기에 나도 끼워 줬으면 하는 거야!"

뭐, 그런 거겠죠. 나로서는 상관없다고 할까, 환영이지만….

"나는 죠와 단둘인 게 좋은데!"

그렇지…. 그렇게 말할 줄 알았습니다….

하아… 이거 아까 사잔카 때와 같은 패턴인가….

"미안, 코스모스! 난 오랜만에 죠와 만났으니까, 오늘은 단둘이 동물원을 구경하고 싶어! 그러니까."

"그게 과연 본심일까?"

"응?"

뭐지, 코스모스 녀석? 묘하게 진지한 목소리를 내고….

"어, 어이, 코스모스…."

"죠로, 어제도 말했지? 나는 만일의 사태를 고려해서 조금 억지를 부려 수학여행에 동행하게 되었어. …그러니까 그 '만일의 사태'가 일어났다면 전력으로 해결에 임할 생각이야."

씩씩한 태도로 그렇게 선언하더니, 코스모스는 내가 아니라 내 옆에 선 라일락에게 날카로운 시선을 던졌다.

"왜 그래, 코스모스? 갑자기 그런 진지한 얼굴을 하고?"

"너랑 조금 진지한 이야기를 할 거니까, 라일락."

반대로 라일락은 지금까지와 다름없이 밝은 미소…인데, 눈이 웃고 있지 않다.

이런. 이거 파란이 좀 일 것 같은 느낌인데….

"진지한 이야기? 그건 괜찮아! 애초에 코스모스는 나랑 죠 사이에 무슨 일이 있었는지…."

"알고 있어. 이전에 죠로에게서 들었으니까. …그러니까 전부 다는 아니더라도, 나름 사정을 파악하고 있다고 생각해 주면 좋겠어."

"흐응…. 그렇구나…."

단숨에 분위기가 식어서 어딘가 재미없다는 듯이 말하는 라일락.

"그래서 그게 왜?"

지금까지와는 명백히 다른 라일락의 태도. 차갑고 남을 거절하는 날카로운 눈동자.

마치 지금까지의 성격이 거짓말이었던 것처럼 느껴지지만, 그게 아니다.

이것도 라일락의 또 하나의 얼굴. 초등학생 때의 라일락은 이런 소녀였으니까.

"그쪽이 진짜 너일까?"

"……! 시끄러… 이쪽 질문에는 대답하지 않는 주제에 질문하지 말아 줄래?"

자신만만하게 웃는 코스모스에게 쓸개 씹은 표정을 하며 노려보는 라일락. 상황은 아주 조금이지만, 코스모스가 유리하게 끌어 나가는 듯했다.

"이거 실례. 그럼 네 질문에 대한 대답인데… 나는 네가 진심으로 죠로와 함께 있고 싶어 하지 않는다고 의심하고 있어."

"무슨 소리야? 나는 초등학생 때 계속 죠랑 같이 있었거든? 그런 사람과 오랜만에 재회하면…."

"과거의 복수를 할 절호의 기회겠지."

"……! 나, 나한테 그런 생각은 없어!"

분명히 코스모스가 말하는 가능성이 전혀 없는 건 아니다.

아무리 라일락이 과거의 그 씰 도난 사건을 마음에 두지 않는다고 말했어도, 그게 진실이라고만 할 수는 없다.

"물론 아무 생각도 없다면 거짓말이겠지! 하지만 그때의 싫은 추억을 없애기 위해서라도 나는 오늘 죠에게 '즐거운 추억'을 만들어 달라고 하고 있어!"

"너의 '즐거운 추억'이란 게 묵히고 있던 원한을 청산하는 것이라고 생각되는 발언이네."

"그, 그럴 리 없잖아! 나는 죠에게 원한 같은 거 없어!"

명백히 여유를 잃고 소리치는 라일락. 지금 발언이 진짜인지 거짓인지는 나로서도 알 수 없다.

하지만 아마도….

"그래. …역시 그렇구나…."

어딘가 납득한 표정으로 나를 똑바로 바라보는 코스모스.

그 눈동자는 '이 문제는 내가 해결해도 문제없을까?'라고 묻는 듯했다.

"머, 멋대로 뭘 납득하는 거야?"

여유가 느껴지는 코스모스를 보며 자기가 무슨 실언이라도 했나 하고, 위협적인 모습을 보이는 라일락.

이미 코스모스는 거의 모든 사정을 읽어 낸 거겠지.

그러니까 나는….

"라일락. 너는…."

"미안, 코스모스. 나는 오늘 라이랑 같이 동물원을 구경하기로 했어. …그러니까 이 이상 괜한 소리 하지 말아 줘."

라일락을 돕는 길을 택했다.

"죠!"

"아니! 죠, 죠로, 너는!"

내 발언이 예상 밖이었는지 이번에는 코스모스가 눈을 동그랗게 떴다.

하지만 그런 표정을 하더라도 내 생각이 변하는 일은 없다.

"애초부터 라이에게 부탁받았어. '즐거운 추억'을 만들어 달라고."

"그건 그녀가 과거의 일을 말했으니까."

"아냐."

나는 딱히 라일락의 협박을 받아서 그녀를 편드는 게 아니다.

왜냐면….

"실은 나도 알고 있었어… 코호 료칸에 라이가 있다는 걸…. 초등학생 때, 담임 선생님에게 물어봤거든. 그리고 그 뒤로 절대로 잊지 않으려고 했어."

"그랬어, 죠?"

"그래."

삿포로 시계탑에서는 너무나도 미인으로 성장한 데다가 옛날 모습이 느껴지지 않아서 누군지 모르고 혼란스러웠지만, 그 뒤에 코호 료칸에서 재회했을 때 나는 별로 놀라지 않았다.

애초에 나는 처음부터 모든 것을 알고 있었으니까.

라이가 코호 료칸에 있는 것도, 그 사건에 대해 어떻게 생각하는지도….

"그러니까 나는 수학여행을 오기 전부터 계속 결심한 바가 있어."

"결심한 바? 그건 대체…."

코스모스가 애용하는 코스모스 노트를 꼭 움켜쥐면서 내게 질문했다.

계속 아무에게도 말하지 않았던, 내 수학여행에서의 목적.

그것은 '멋진 추억'을 만드는 것임이 틀림없다.

하지만 더 정확하게 말하자면….

"'라이에게 멋진 추억'을 만들어 주는 것이 내 수학여행의 목적이야."

이것이야말로 내 수학여행의 진짜 목적. 과거에 상처를 주었던 소중한 소녀. 그 소녀와 재회한다는 걸 알았기에, 이 목적을 반드시 달성하기로 결의했다.

그러니까 또 한 명의 초등학교 동급생인 히마와리를 부활시키고 싶었다.

녀석은 라일락에게 '멋진 추억'을 만들어 주려면 빼놓을 수 없는 존재니까….

"그랬구나…. 죠, 다 알고 있었어…."

"그래. 딱히 말할 필요도 없을 거라 생각해서 말하지 않았지만… 말 안 해서 미안해."

"아니, 됐어. 기뻐… 아주 기쁘니까."

내 곁으로 와서 교복을 꼭 붙잡는 라일락.

아주 조금 떨리는 손가락의 감촉이 왜인지 묘하게 사랑스러웠다.

"그러니까 코스모스. 미안하지만 여기선 물러나 줘."

"……."

내 말에 코스모스는 아무런 반응도 하지 않았다. 그저 조용히 노트를 움켜쥐고 고개를 숙였다. 하지만 그로부터 잠시 뒤에….

"알았어…. 네가 그렇게 결심했다면 나는 아무 말 않겠어. …미안해, 라일락. 괜한 소리해서…."

"어? 괘, 괜찮아! 응! 완전 괜찮아! 그러니까 신경 쓰지 마, 코스모스! 또 나야말로 미안! 거칠게 말해서!"

서로 고개를 숙이며 사죄하는 코스모스와 라일락.

어느 정도 여유가 돌아왔기 때문일까, 라일락은 또다시 밝고 천진난만한 어조로 돌아왔다.

"그럼 나는 팬지 쪽과 합류하도록 할게. 그럼…."

"어, 그래…. 알았어…."

코스모스는 우리에게 등을 돌려서 혼자 어딘가로 가 버렸다.

그리고 그 모습이 완전히 사라지고 그 자리에 나와 라일락만이 남자,

"이번에는 확실히 내 편으로 있어 줬네!"

라일락은 기쁜 듯이 미소를 띠면서 내 팔을 껴안았다.

"다시는 라이를 저버리지 않겠다고 결심했으니까."

그때의… 씰 도난 사건 때와 같은 실수를 할 수는 없다.

"후훗! 죠가 처음부터 내게 추억을 만들어 주러 왔다니, 아주 기뻐! …저기, 그러면, …더 부탁해도 될까?"

어딘가 조르듯이 내 어깨에 자기 머리를 올리는 라일락.

사람 많은 곳에서 이러는 건 창피하지만, 이 녀석과는 지금밖에 함께 있을 수 없다.

그럼 조금 정도의 응석은 받아 줘야겠지.

"그래, 마음대로 해."

"와자! 고마워, 죠!"

그리고 나와 라일락은 아사히야마 동물원 관광을 시작했다.

"드디어 마지막 백곰이야, 죠! 이게 아사히야마 동물원의 제일 가는 구경거리!"

"으음…. 그렇군…."

수학여행 2일 차인 아사히야마 동물원도 대단원. 마지막으로 간 곳은 지금 라일락도 말했지만, 아사히야마 동물원의 대명사라고 할 수 있는 북극곰관이다.

사실은 펭귄관 근처에 있으니까 바로 보러 갈 수 있지만, 우리

반의 루트로는 한 바퀴를 주욱 돌아서 여기에 오게 되어 있다.

"백곰, 생각보다 작네…."

"분명히 그렇군요! 분명히 아까 본 하마 정도로 클 줄 알았습니다!"

같은 반이라서 루트가 같으니 당연하지만, 히마와리나 아스나로도 함께 있다.

히마와리는 좀 괜찮아졌을까?

수학여행은 3박 4일. 모레인 4일 차는 돌아가는 일정이니까, 실질적으로 내일이 마지막이다.

어떻게든 그때까지 히마와리를 부활시키고 싶은데….

"저기, 죠. 아사히야마 동물원의 백곰은 히마 같다고 생각 안 해?"

"응? 히마와리?"

"응. 밝고 씩씩하고 제일가는 인기인! 멋지고 강해! 초등학생 때의 히마는 나에게 그런 존재였으니까!"

"분명히 그럴지도."

초등학생 때부터 히마와리는 항상 밝고 씩씩하며 반의 중심에 있었다.

녀석의 주위에는 미소가 넘쳐나고… 근거도 없으면서 이상한 자신감을 가진 히마와리가 있으면 어떤 일이든 괜찮다고 생각하게 되는 신기한 힘을 가지고 있었다.

"그래. 난 계속 히마를 동경했거든! 나도 저렇게 강해지고 싶다. 저렇게 인기인이 되고 싶다. 나는… 백곰이 되고 싶었어…."

라일락이 히마와리를 동경했던 건 알고 있어.

초등학생 때, 같이 있을 때는 항상 히마와리 이야기만 했으니까….

"될 수 있지 않을까? 라이는 학교에서도 인기 많다며?"

"그래! 죠가 그렇게 말해 주니 기뻐! 고마워!"

행복한 미소, 내 팔을 껴안는 라일락.

그 천진난만한 미소를 보고 있으니, 나도 묘하게 기뻐졌다.

"하지만 역시 아사히야마 동물원의 백곰은 히마야. …정말로 똑같아."

이상하게 달관한 미소로 백곰을 바라보며 말을 흘리는 라일락.

거기에는 뭔가 강한 결의가 담긴 듯한 느낌이라 나는 묘하게 가슴이 뛰는 것을 느꼈다.

※

아사히야마 동물원에서의 관광을 마치고, 들어온 정문으로 나가서 버스를 타는 우리.

다만 사람이 꽤 많아서 나는 아직 버스를 타지 않고 밖에서 순서가 오는 것을 기다렸다.

"후훗. 오늘은 즐거웠어. 이렇게 죠랑 둘이서 아사히야마 동물원을 돌고 말이지! 죠는 어땠어?"

"당연히 즐거웠지."

도중에 다소 트러블은 있었지만, 그래도 충분히 즐거웠다.

왠지 초등학생 때로 돌아간 듯한 감각이라서. …가능하면 히마와리와도 함께 있고 싶었지만….

그러고 보면 다른 애들은… 아, 저기 있다. 히마와리는 아스나로와 둘이서 버스 순서를 기다리고 있고, 사잔카는 코스모스나 팬지와 함께 뭔가 이야기하고 있다.

나도 조금 정도는 이야기를… 아니, 안 돼.

내 목적은 '라이에게 멋진 추억'을 만들어 주는 것. 그걸 최우선으로 생각해야지.

"으음…. 오늘은 즐거웠지만, 역시 조금 불만이랄까!"

"응? 왜 그래, 라이?"

내 얼굴을 보며 살짝 뾰로통한 표정을 하는 라일락.

조금 불만? 그건 아까 코스모스와의 대화가 원인일까?

"아직 내 '즐거운 추억'은 부족한 게 있다는 걸 깨달았습니다!"

라이 녀석은 대체 무슨 소리를 하는 거지?

"그러니까 죠. 난 조금 더 멋대로 굴겠어!"

"어? 어, 어이, 라이! 어디 가는 거야?"

빙긋 웃은 직후, 내게서 떨어져서 어느 인물에게로 향하는 라일락.

"히마! 잠깐 괜찮아?"

"라이. 왜 그래?"

"감사의 말을 할까 해서! 오늘은 죠를 독점하게 해 줘서 고마워! 예전의 히마였으면 '나도 같이! 소꿉친구잖아!'라면서 섞일 거라 생각했는데! 하지만 사실은 참아 준 거지?"

분명히 본래의 히마와리라면 지금 라일락이 말한 행동대로 했겠지.

무슨 말을 하든 억지로 우리 사이에 끼어들어서….

하지만… 아니야, 라일락. 히마와리는 딱히 참은 게 아냐.

그저….

"아니. 난 참는 게 아냐. …그러니까 괜찮아."

근본적으로 나를 피할 뿐이야….

"어?! 그래? 그럼 왜 억지로라도 섞이지 않았어? 예전에는 소꿉친구라면서 항상 같이 있었잖아!"

"으음… 지금은 라이가 함께 있고…. 나랑 있는 것보다 라이랑 있는 게 죠로도 즐겁고… 그러니까…."

"흐응. 그런 건가…."

어딘가 김샌 것처럼 차갑게 말하는 라일락.

그리고 어딘가 얕잡아보는 눈으로 히마와리를 바라보았다.

"…자기가 동물원의 백곰이란 걸 깨달았구나."

"어?"

차가운 표정을 하면서 히마와리를 비웃듯이 던진 말.

하지만 라일락의 말의 의미를 히마와리는 이해하지 못한 모양이다.

"그거 알아, 히마? 동물원의 백곰은 이미 야생에서는 살아갈 수 없어."

"으음, 어어…."

라일락의 갑작스러운 변화에 허둥대는 히마와리.

옆에 있는 아스나로는 진지한 시선으로 라일락을 바라보았다.

"안전한 장소니까 적을 겁낼 필요도 없어. 밥도 나오니까 사냥을 할 필요도 없지. 그러면 동물은 태만해져서 아무것도 할 수 없게 돼. …그렇지? 지금의 히마랑 똑같잖아?"

"……!"

라일락 녀석, 갑자기 히마와리에게 무슨 소리를 하는 거야!

아니, 백곰을 보았을 때, 그런 식으로 생각했나!

하지만 왜 그게 히마와리랑 똑같다는 거지?

"라일락. 미안하지만, 히마와리는 지쳤으니까 지금은…."

"괜찮아, 아스나로! 금방 끝나니까!"

아스나로는 재빨리 히마와리를 감싸려고 했지만, 라일락의 미소가 그걸 쳐 냈다.

팬지 쪽도 라일락의 행동을 알아차렸는지 두 사람을 조용히 지켜보고 있다.

“후훗! 내 쪽이 죠를 즐겁게 해 줄 수 있다는 말을 히마가 해 주다니 기뻐라~! 이런 식이면 내가 제일 하고 싶었던 응석을 부려도 괜찮겠네!”

“아니, 라이는 무슨….”

“아주 중요한 일! 그러니까 나중에 의논 좀 할지도! …그럼!”

아스나로가 제지했기 때문일까, 해야 할 말을 다 했기 때문일까, 라일락은 히마와리와의 대화를 마치고 천진난만한 미소와 함께 내게로 돌아왔다. 그리고….

“자, 문제입니다. 나의 ‘즐거운 추억’에서 빼놓을 수 없는 것은 무엇일까요?”

“어? 빼놓을 수 없는 것?”

그게 뭐야? 라일락의 추억에서 빼놓을 수 없는 것?

그런 게….

“네, 타임 오버.”

내가 뭐라고 하기도 전에 압도적으로 빠르게 타임 오버를 외치는 라일락.

아마도 처음부터 내가 답을 말하게 할 생각도 없었겠지.

“그럼 정답은….”

그리고 어딘가 기쁜 듯한 미소로 나를 가리키더니,

"죠야."

그렇게 선언했다.

"어, 나? 아니, 함께 동물원도 돌아봤고…."

"그런 의미가 아니야~"

어이, 설마 이건….

"나는 죠를 좋아해. 초등학생 때부터 계속… 계속…. 그 마음은 지금도 변하지 않았어. 아주 강한 마음이야."

"뭐엇?!"

라일락이 갑자기 던진 고백에 나는 그저 경악할 수밖에 없었다.

라일락이 나를 좋아해? 그것도 초등학생 때부터…라고…?

"그런데 죠는 다른 여자애들과 '2학기가 끝날 때에 한 명에게만 마음을 전한다'라는 이상한 약속을 했잖아. 그런 건 불공평하다고 생각하지 않아?"

"아, 아니, 그건…."

"죠는 수학여행 동안 내게 '즐거운 추억'을 만들어 주는 거지? 나를 위해 애써 주는 거지? 그러면 죠가 다른 여자애들과 한 약속 말인데…."

라일락의 입술이 천천히 움직였다.

요염한 눈동자가 나를 바라보고, 아름다운 표정인 채로, 단적인 말을 던졌다.

"그거, 취소해 줘."

‘아무것도 할 수 없는’ 내가 할 수 있는 일

나… 히나타 아오이는 죠로의 소꿉친구다.

내 곁에는 항상 죠로가 있었다.

유치원도, 초등학교도, 중학교도, 고등학교도 전부 죠로와 함께. 집도 가까웠으니까 아침에는 항상 죠로와 함께 학교에 갔다. 서로의 집에서 잔 적도 있고, 가족들끼리 함께 여행을 간 적도 있다. 그러니까 나의 '언제나'에는 반드시 죠로가 있었다.

그것이 나에게 당연. 그것이 나에게 상식.

지금까지 계속 죠로와 함께 있었으니까, 앞으로도 그럴 거라고 생각했다.

…하지만 사실은….

"난 여기 있을래…."

동물원에서 돌아온 뒤, 나는 모두에게 방해가 되지 않도록 방구석에 앉았다. 지금 내 방에는 같은 방을 쓰는 츠바키, 사잔카, 아스나로 외에도 항상 도서실에서 함께 있는 이들이 모였으니까.

팬지, 코스모스 선배, 히이라기, …탄포포는 동물원에서 조금 문제가 있었기에 돌아온 뒤에 황급히 목욕을 하러 가서 없지만, 다른 이들은 다 있다.

이야기를 하기 위해서 우리 방에 모인 거다.

큰일이 일어났으니까….

"큰일이네…. 설마 라일락이 죠로에게 그런 제안을 하다니."

"저, 저기, 어쩔 거야?! 죠로랑 우리의 약속, 없어지는 거야?! 그런 건 안 되잖아! 나는…."

"사잔카, 아쉽지만 이 문제에 대해서 우리는 아무 말도 할 수 없어. 분명히 약속은 했지만, 그걸 지킬지는 죠로에게 달렸으니까…."

"우, 우우우우! 그렇지만… 그렇지만!"

라이가 죠로에게 고백했다.

우리의 약속을 취소하라고 부탁했다….

약속은 아주 중요하지만, 라이의 마음을 생각하면 아무 말도 할 수 없다.

그도 그렇잖아?

라이는 계속 죠로를 좋아했다.

그 마음을 우리에게는 약속이 있다면서 무시할 순 없어.

게다가 분명 죠로는 그런 짓을 하지 않아.

라이의 마음을 잘 생각하고 대답한다.

그 대답이 어떤 내용일지는 모르지만….

"코스모스 선배, 다시 한번 확인하고 싶은데요, 죠로는 수학여행을 온 목적이 '카시바나에게 멋진 추억을 만들어 주기 위해서'라고 분명히 말한 거죠?"

"그래, 맞아, 팬지…. 아무래도 그는 코호 료칸에서 그녀가 일하는 것을 알고 있었던 모양이야. 처음부터 그럴 목적으로 수학여행에 온 눈치였어."

"그렇습니까. 죠로는 처음부터 카시바나를 위해서…."

팬지가 아주 진지한 얼굴로 생각하고 있다. 아니, 팬지만이 아니다.

코스모스 선배도, 사잔카도, 아주 진지한 얼굴을 하고 있다.

나는 어떤 얼굴을 하고 있지? 모두와 똑같은 얼굴을 하고 있을까?

아니, 분명 그렇지 않아…. 나는 모두와 다르니까….

나는 모두와 달리 그냥 소꿉친구일 뿐… '아무것도 할 수 없으니까'….

"…히마와리, 괜찮아?"

"어? 히, 히이라기?"

어느 틈에 내 앞에서 히이라기가 아주 걱정스러운 눈으로 보고 있었다.

"기운 없어…. 걱정이야~…."

"아, 아하하…. 고마워, 히이라기. 하지만 괜찮아. 나는, 쌩쌩해…."

쌩쌩하지 않아…. 기운 같은 건 하나도 없어….

"히이라기, 우리는 조용히 있는 편이 좋달까. …자, 이쪽으로 와."

"싫어! 나, 여기 있을래! 여기서 조용히 있을래!"

"음. 그럼 나도 그쪽으로 갈까."

히이라기와 츠바키가 내 옆에 앉았다. 몸을 꼭 끌어안아 주는 히이라기와 부드럽게 손을 잡아 주는 츠바키.

미안, 둘 다. 걱정을 끼쳐서….

"우우우우우! 역시 납득할 수 없어! 동물원에서는 실패했지만, 난 다시 한번 죠로랑 이야기하고 올게! 그리고…."

"안 돼, 사잔카."

사잔카가 일어서서 방에서 나가려는 것을 팬지가 제지했다.

"대체 왜, 팬지!"

"죠로가 '카시바나에게 멋진 추억'을 만들어 주는 것을 최우선으로 생각하고 행동하는 이상, 우리가 할 수 있는 일은… 거의 없어…."

"그래. 그의 성격을 생각하면 우리가 무슨 말을 해도 결코 양보하지 않겠지. 사실 나도 어떻게든 해 보려는 것을 문제의 죠로가 제지했고…."

"……! 아, 알았어!"

팬지와 코스모스 선배의 말에 사잔카가 털썩 주저앉았다.

라이, 대단하네. 사잔카에게도, 코스모스 선배에게도 지지 않고, 아주 똑똑한 팬지가 저런 말을 하게 했어.

세 사람이 할 수 없다면 나도… 우? 왜 그러지?

다들 나를 똑바로 쳐다보는데….

"히마와리, 당신은 이 일에 대해 어떻게 생각하고 있어?"

"그래. 나도 히마와리의 의견을 들어 보고 싶어."

"응! 나도 알고 싶어! 히마와리, 가르쳐 줘! 네가 어쩌고 싶은 지를!"

"어, 어어… 나는…."

싫다. 라이의 부탁을 없던 걸로 하고 싶다.

사실은 그렇게 말하고 싶지만… 그런 말은 할 수 없어….

"어어… 나도 '아무것도 할 수 없을지도'…."

"…정말로 그래도 돼?"

팬지, 그렇게 몇 번이나 묻지 마.

나올 것 같아…. 나와선 안 되는 말이, 나올 것 같으니까….

"히마와리. 당신이 그대로 있으면 전부 잘 안 풀릴걸?"

"아하하…. 그렇지 않아, 팬지. 나는, 아무것도…."

"멋대로 그렇게 정하고서, 방관자 행세하는 건 좋지 않아."

"…어우."

그만… 팬지는 몰라.

팬지는 아주 많은 걸 할 수 있어. '아무것도 할 수 없는' 나랑은, 달라….

"미, 미안해…."

"사과하라는 말이 아냐. 방관자 행세를 하지 말라는 거야."

"…미안해."

"하아…. 정말로 아무것도 모르는 거네…. …한심한 사람."

그럼 팬지가 어떻게든 해! 팬지도 체념했잖아!

방금 '우리가 할 수 있는 일은 거의 없다'고 말했잖아!

그런데 왜 나한테만 화내는데! 왜 나만 나무라는데!

"자, 자, 팬지도 진정해 보세요! 히마와리는 지친 모양이고, 아직 생각이 정리되지 않았습니다! 그러니까 조금 기다려 줄 수 없을까요?"

"…알았어."

미안해…. 아무것도 할 수 없어서, 정말로 미안해….

"그럼 일단 이야기는 이 정도로 하고 목욕을 하죠! 너무 이야기가 길어지면 저녁 식사 시간에 늦어지고요!"

"…그래. 그럼 일단 목욕을 할까."

"네! 그러죠, 코스모스 선배! 자, 가요, 히마와리!"

"응…."

이렇게 결국 아무것도 정해지지 않은 채로 우리는 욕탕으로 향했다.

※

"고맙습니다, 코스모스 선배. 특별히 저도 함께 있게 해 줘서."

"후훗. 이 정도는 신경 안 써도 돼, 팬지."

수학여행의 목욕은 학급별이라서 코스모스 선배와 탄포포는 따로.

그러니까 진짜 모습을 숨기고 있는 팬지도, 두 사람과 함께 목욕하고 있어. 거기에 우리 도서실 멤버들도 섞였다.

"자, 히이라기. 금방 끝나니까 참아 볼까."

"아우~ 샴푸, 눈에 들어가는 거 무서워~…."

"팬지… 너 진짜 몸매 대단하네…."

"후훗, 고마워. 사잔카도 아주 예뻐."

"따, 딱히 난 대단한 거 없어!"

모두가 즐겁게 몸을 씻을 때, 나는 구석에서 몸을 씻었다.

얼른 씻고, 얼른 노천온천 쪽으로 가자.

나는 모두와 함께 있으면 안 될 것 같으니까….

따뜻한 욕탕.

아주 기분 좋고, 그대로 하늘을 올려다보면 별이 반짝반짝 빛났다.

"왠지… 모두 같아."

반짝반짝 빛나는 여자애. 팬지, 코스모스 선배, 사잔카… 라이.

모두 아주 예쁘고 착하고, 머리 좋은 애들.

누가 곁에 있든지 분명 죠로는 즐겁겠지~

하지만 나는….

"나랑 있어서 즐거울까?"

대답은 어디에서도 돌아오지 않는다. 그러니까 스스로 생각해야만 한다.

하지만 나는 바보니까… 모두와 달리 바보니까….

"분명 재미없어. 나는… '아무것도 할 수 없는' 소꿉친구인걸."

나… 히나타 아오이는 죠로의 소꿉친구다.

내 곁에는 항상 죠로가 있었다.

유치원도, 초등학교도, 중학교도, 고등학교도 전부 죠로와 함께. 집도 가까웠으니까 아침에는 항상 죠로와 함께 학교에 갔다. 서로의 집에서 잔 적도 있고, 가족들끼리 함께 여행을 간 적도 있다. 그러니까 나의 '언제나'에는 반드시 죠로가 있었다.

그것이 나에게 당연. 그것이 나에게 상식.

지금까지 계속 죠로와 함께 있었으니까, 앞으로도 그럴 거라고 생각했다.

…하지만 사실은… 아니다.

혹시 죠로에게 연인이 생기면, …나는 이제 곁에 있을 수 없다.

그게 싫으니까, 죠로와 떨어지기 싫었으니까, 죠로를 좋아했으니까, …나는 죠로에게 좋아한다고 말했다. …누구에게도 지지 않는 마음이라며.

하지만 아니었어…. 내 마음은, …모두들 중에서 제일 약했다….

누구보다도 죠로를 생각하지 않는 것은, …나였는걸.

그걸 깨달은 것은 요란제. 츠키미가 '그 사람에게 멋진 추억'을 만들어 주고 싶다면서 죠로와 함께 애써서, 그 사람에게 분명히 멋진 추억을 만들어 주었다.

그 이야기를 듣고 깨달았어. …나는 '아무것도 할 수 없다'고.

2학기가 된 뒤로 계속 그랬다.

체리 씨와 사잔카의 연인 행세를 죠로가 했을 때, 나는 죠로와 함께 있을 수 없는 것에 투덜댈 뿐이었다.

히이라기와 츠바키가 승부했을 때, 나는 츠바키의 가게에서 즐겁게 일을 거들었을 뿐이었다.

일루미네이션이 없어졌을 때, 나는 그저 조용히 있을 뿐이었다.

하지만 다른 이들은 다르다.

체리 씨와 사잔카의 연인 행세를 죠로가 했을 때, 코스모스 선배는 토쇼부 고등학교에서 죠로와 함께 열심히 애썼다.

히이라기와 츠바키가 승부했을 때, 팬지와 사잔카는 히이라기의 낯가림을 고치기 위해 죠로와 함께 열심히 애썼다.

일루미네이션이 없어졌을 때, 아스나로는 우리를 돕기 위해 죠로와 함께 열심히 애썼다.

요란제 때도 그렇다.

호스와 죠로를 화해시키기 위해서 애쓰는 팬지, 체리 씨의 마지막 추억을 위해 애쓰는 사잔카, 니시키즈타의 모두를 위해 애쓰는 코스모스 선배.

다들… 다들, 누군가를 위해서 열심히 애쓸 수 있는 사람.

아주 예쁘고, 아주 착한 사람들뿐.

하지만 나는 달라…. 나만은 '아무것도 할 수 없다'….

그저 즐거우면 된다고 생각했다. 나와 같은… 소꿉친구인 츠키미는 그렇게 열심히, 그 사람을 위해 애썼는데….

그걸 깨달았더니, 내가 있을 곳은 거의 남지 않았다.

그저 소꿉친구. …그것만이 내게 남겨진 마지막 하나.

'아무것도 할 수 없는' 나는 죠로에게 잔뜩 폐를 끼친다. …폐를 끼치면 내 마지막 하나는 없어질지도 모른다.

그게 무서워서, 그게 슬퍼서… 그러니까 나는 죠로에게서 떨어졌어.

하지만 죠로는 착해서…. 내가 떨어지자 점점 곁으로 다가오고….

그게 기쁘지만 슬퍼서, 어째야 좋을지 몰라서, 머릿속이 엉망이 되고… 그런 기분인 채로 수학여행에 왔더니, 라이와 재회했다.

라이는 나보다도 훨씬 똑똑하고, 훨씬 착하고, 훨씬 예쁜… 죠로의 소꿉친구.

그렇게 대단한 애가 나타나면 내 마지막 하나도….

“아, 여기 있다! …히마, 발견!”

어? 이 목소리는… 라이다!

“라, 라이! 어떻게 여기에 있어?”

“후훗! 히마네가 목욕하러 가는 게 보이기에, 몰래 섞였어! 옆자리 실례하겠습니다~!”

내 옆에 앉아서 밤하늘을 올려다보는 라이. 아주 예뻐진 라이는 하늘을 올려다보기만 해도 별보다 반짝이는 것처럼 보이네.

“별하늘, 예쁘지? 이건 우리 료칸이 자랑하는 풍경이야!”

“응. 아주 예뻐….”

죠로는 라이에게 뭐라고 대답했을까?

동물원에서 죠로는 깜짝 놀라면서 ‘조금 기다려 줘’라고 말했지만, 이미 대답은 했을까? 알고 싶다. 알고 싶지만… 묻는 게 무섭다.

“저, 저기, 라이. …왜, 욕탕에….”

한심한 나. 왜 정말로 묻고 싶은 것을 못 물을까.

“히마랑 의논을 하러 왔어!”

“…어? 의논?”

“그래~! 아사히야마 동물원에서 말했잖아! ‘나중에 의논 좀 할지도'라고! 지금이 바로 그 '나중에'입니다!"

"혹시…."

"응! 죠 문제!"

"……! 그, 그래…."

어쩌지…. 나, 듣고 싶지 않아….

라이의 이야기를 듣게 되면….

"죠 말이지, 아주 인기가 많아졌어! 초등학생 때의 죠는 조금 말씨가 거칠다고 여자애들이 그랬는데!"

"…그랬어…."

죠로는 초등학생 때 여자애한테 평판이 별로 좋지 않았다.

나는 계속 같이 있었으니까 괜찮았지만, 다른 여자애들에게는 그렇지 않았는지 곧잘 '싫지는 않지만, 별로 같이 있고 싶지 않다'는 말이 나와서….

"그러니까 아는 건 나랑 히마뿐이라고 생각했어! 죠가 조금 솔직하지 않을 뿐이지, 사실은 아주 마음 착하다는 걸!"

"응."

그렇다. 죠로는 착하다. 내가 억지를 부려도 항상 따라 준다.

내 부탁을 항상 들어준다.

그러니까 바보인 나는 그런 죠로의 마음을 당연하게 생각하여, 1학기 때 죠로에게 심한 짓을 했다. 정말로, 정말로 심한 짓을 해서, 크게 반성했다.

그리고… 죠로를 전보다 더 좋아하게 되었다.

"하지만 다른 애들에게도 들킨 거지? 그래서 저렇게 인기가 많아진 거지? 후훗. 조금 놀라긴 했지만, 납득이 가는 면도 있었어!"

"그래. 다들, 정말로 좋아해서…."

'죠로에게 잘해 줄 수 있는 사람들이야….'

그 말은 목에서 꽉 걸려 입 밖에 나오지 않았다.

"그래서! 지금부터가 히마에게 의논하고 싶은 일이야!"

"……! 으, 응…."

라이의 예쁜 얼굴이 무서워서 나는 무심코 고개를 돌렸다.

목욕물은 따뜻한데, 몸은 부들부들 떨린다.

싫어…. 무서워…. 듣고 싶지 않아….

"저기, 내 나름대로 애써서 고백했는데, 죠가 대답을 보류하더라고! 대답을 기다려 달래! 하지만 그걸로 물러날 라이가 아니지! 그러니까 대신 부탁 좀 하나 들어 달라고 했어!"

"부탁?"

"그래! 내일 니시키즈타 사람들은 스키, 스노보드 교실에 가잖아? 거기에 나도 같이 갈 테니까, 죠는 나랑 같이 있어 달라고 부탁했어!"

"어! 하지만, 그건…."

수학여행을 오기 전에 다 같이 이야기했다.

첫날과 둘째 날은 학급별이지만, 셋째 날은 자유행동이니까 스키, 스노보드 교실에서는 도서실 멤버들끼리 놀자고. 그런데 거기서 죠로가 없어지면….

"알고 있어. 모두와 함께 놀기로 약속을 한 거지? 하지만 내가 고집을 부렸어. 죠는 나에게 '즐거운 추억'을 만들어 주는 게 제일 중요하다고 말했는걸!"

"하, 하지만…."

"모두의 마음도 알지만, 나에게는 지금밖에 시간이 없으니까! 조금 억지를 부렸어! 죠의 마음은 누구에게도 넘기고 싶지 않아!"

밝지만 아주 진지한 라이의 목소리. 아주 강한 마음이 담겼다.

정말로 계속 죠로를 소중히 여겼구나….

"괜찮아! 이래 보여도 난 스노보드를 잘 타니까, 죠에게 가르쳐 줄 수 있어! 그러니까 둘이서 '즐거운 추억'을 만들 수 있어!"

"그게 아니야! 나…."

"그리고! 여기서부터가 본론인데, 내일 스노보드 시간에 어떻게 해야 죠가 다른 애가 아니라 날 좋아해 줄까?"

"……! 저기, 그거…."

내 말이 도중에 끊기고 그 이상 이어지지 않았다.

안 돼…. 나는 라이를 막을 수 없어. '아무것도 할 수 없는' 나는….

"코스모스도, 사잔카도, 스미레코도 아주 예쁘니까, 셋에게 지지 않도록 확실히 죠의 마음을 붙들어 놓고 싶어!"

라이의 라이벌은 코스모스 선배와 사잔카와 팬지뿐.

나는 이미 완전히 무시하고 있어….

"뭔가 즐거운 시간을 보내면… 잘될지도…."

"그래! 그게 무엇일지는 확실히 모르겠지만, 그거라면 라이의 특기 분야야! 난 죠를 위해 많은 걸 할 수 있어!"

알아. 아니까, 말하지 마….

라이가 '아무것도 할 수 없는' 나와 달리 많은 걸 할 수 있는 건 아니까….

"초등학생 때부터 같이 있었던 내 힘을 보여 줄 때야! 모두가 모르는 죠도 많이 알고 있으니까 힘 좀 써야지~!"

라이는 나와 마찬가지로 초등학생 때의 죠로를 아는 사람.

그리고….

"히마도 말했으니까! 내가 히마보다 죠를 더 즐겁게 해 줄 수 있다고! 좋았어, 자신감이 생겼어!"

나 같은 것보다도 훨씬 똑똑하고, 훨씬 착하고, 훨씬 예쁘고… 전부, 전부 다 나보다 훨씬 대단한 여자애다….

"고마워, 히마! …응! 그래! 계속 만나지 못했지만, 난 코스모스에게도, 사잔카에게도, 스미레코에게도 지지 않아! 왜냐면…."

그만! 알고 있으니까 말하지 마! 말하면, 없어져!

나의 마지막 하나가, 없어져! 그러니까….

"나는 죠의 소꿉친구니까!"

말하지 마….

"그럼 난 저녁 식사 준비를 해야 하니까 슬슬 나갈게! …오늘 저녁은 라이 특제 고기 튀김이니까 기대해! …그럼!"

일어서서 욕탕에서 나가는 라이.

나는 그런 라이와 정반대로 물속에 힘껏 얼굴까지 넣었다.

눈에서 조금씩 스며 나오는 축축한 것을 누구에게도 들키고 싶지 않았으니까….

※

모두가 목욕을 마친 뒤에도 계속 탕 안에 있었기에 머리가 멍멍하다.

그래서 비틀거리며 방으로 돌아갔더니,

"우뉴우…. 나 왔어…."

"우왓! 잠깐만, 히마와리! 얼굴이 새빨갛지 않습니까!"

멍멍한 아스나로의 목소리가 머리에 쿵쿵 울렸다.

어떤 얼굴을 하고 있는지 모르지만, 분명 나를 걱정해 주는 거다.

"아무리 그래도 너무 오래 들어가 있었잖아요! 사잔카, 물에

적신 타월을….”

“이미 가져왔어! 히마와리, 잠깐 누워 봐!”

멍멍한 사잔카가 차가운 타월을 얼굴에 대 주었다.

아주 기분이 산뜻한데, 머릿속은 계속 멍멍하다.

“히마와리. 저녁 식사 때까지 푹 쉬는 게 좋달까. 자, 이쪽에 이부자리 펴 놨으니까.”

멍멍한 츠바키 쪽으로 가서, 이부자리에 그대로 드러누웠다.

조금 딱딱한 베개를 껴안고 나는 몸을 웅크렸다.

사실은 이런 딱딱한 베개는 껴안기 싫다. 내가 껴안고 싶은 건….

“미안…. 아무것도 못해서…. 정말로 미안해….”

그 이름을 나는 입 밖에 낼 수 없었다.

‘아무것도 할 수 없는’ 나는 말하면 안 돼….

조금 쉬고 기운이 난 나는 다른 애들과 함께 밥을 먹는 큰 방으로 갔다.

“히마와리, 너 정말로 괜찮아?”

“응. 나도 걱정이랄까. 무리는 하면 안 돼.”

“그렇습니다. 혹시 몸이 안 좋으면 방에서 쉬어도….”

“괜찮아. 나, 안 가면, …안 돼.”

내가 안 가면 죠로가 걱정한다.

죠로는 착하니까… 분명 내게도 잘 대해 주니까….

그러니까 가야 해….

"휴우…. 도착했네! 그럼 남은 자리는…."

거기에 도착하자, 아스나로가 둘러보며 자리를 찾았다.

그래서 나도 같이 자리를 찾고 싶었지만, 거기에는….

"죠! 오늘 저녁 식사는 라이 특제 고기 튀김이야! 아주 맛있으니까 많이 먹어!"

"많이 먹으라고 해도, 학생 한 사람당 나오는 양은 똑같잖아…."

죠로와 라이가 둘이서 이야기하고 있었다….

생글생글 예쁜 얼굴로 웃는 라이와 조금 부끄러운 듯이 웃는 죠로.

나란히 앉아서 이야기하는 두 사람은 아주 즐거워 보인다.

"그건 기합으로 빼앗으면 어떻게든 돼! 죠의 파이팅 스피릿을 보여 줄 때야! 힘내, 힘!"

"말도 안 되는 소리."

저기, 죠로. 거기는 내가 있던 곳이지? 내가 있을 곳이지?

왜 라이랑 있어? 왜 라이랑 있어?

그런 거 보기 싫어…. 보고 싶지 않아….

"…응?"

가만히 그쪽을 보고 있자, 죠로가 나를 알아차린 모양이다.

죠로는 나를 금방 찾아낸다. 나는 다른 사람보다 작아서 항상 인파 속에 파묻히는데, 죠로는 언제나 나를 찾아낸다.

그리고 찾아낸 뒤에 말해 준다. '히마와리, 혼자서 돌아다니지 마'라고.

…오늘도 말해 줘. 평소처럼 화내 줘….

"죠! 식사 중에 두리번거리면 안 돼! 나를 보면 돼!"

"그쪽도 안 봐. 평범하게 밥에 집중하고 있다고…."

아무 말도 안 해 주네…. 죠로 옆에는 라이가 있어.

당연해…. 내 마지막 하나는 이미 없어졌어.

스스로 거리를 두었는데… 스스로 도망쳤는데… 뻔뻔하다는 건 알아….

하지만, …그래도 역시 나는 죠로의 옆에 있고 싶어….

"에엣! 내가 먹여 줘도 괜찮은데?"

"단호히 거절… 우읍!"

"어때? 맛있어? 후훗!"

…이젠 싫다. 아무것도 보기 싫어…. 여기에 있기 싫어….

"아스나로, 나… 저녁, 필요 없어."

"어? 하지만 이왕 여기까지 와서…."

"방으로 돌아갈래! 나… 이제 잘래!"

"아, 기다리세요! 히마와…."

아스나로의 목소리를 끝까지 듣기 전에 나는 뛰쳐나갔다.

긴 복도를 힘껏, 달리고, 달리고, 달려서….

"와앗!"

제대로 넘어졌다…. 이마와 무릎을 부딪쳐서 많이 아파.

"아파…. 아파…."

찌릿거리는 이마, 욱신거리는 무릎.

하지만 제일 아픈 건….

"가슴이 아파…. 우, 우, 우… 우에에에엥!!"

죠로, 나는 여기에 있어….

평소처럼 찾아내 줘…. 평소처럼 화내 줘….

이렇게 조용한 장소에서 혼자 있는 건 슬퍼….

※

찌릿거리는 이마를 쓸면서 방에 돌아온 나는 바로 이부자리로 들어갔다.

나는 겁쟁이에 울보. 그러니까 얼른 자야지.

그렇게 생각했는데….

"…잠이 안 와."

자려고 누웠는데, 전혀 잠이 안 온다.

평소에는 눈을 감으면 바로 잘 수 있었는데, 지금은 이상한 풍경이 떠오른다.

설산에서 즐겁게 스노보드를 타는 죠로와 라이.

두 사람은 아주 좋은 분위기로, 연인 같고… 거기에 나는 없다.

그런 건 보기 싫지만, 눈을 감으면 보이니까 눈을 뜬다.

"우우! 졸린데, 잠이 안 와!"

조금씩 젖는 눈을 베개로 꾹 누른다.

베개가 젖어서 얼굴을 대면 처덕 소리가 났다. 불쾌하다.

이런 베개는 싫다. 집에서 쓰던 푹신한 베개로 자고 싶다. 얼른 집에 가고 싶다.

집에 가면 또 평소의 매일이 돌아오니까.

아침에 일어나서 밥을 먹고 집을 나서면… 죠로의 뒷모습이 있어.

죠로의 등을 찰싹 때리면, 항상 소리를 지른다.

화난 죠로의 얼굴… 하지만 사실은 아주 조금 웃고 있어.

그 얼굴을 아는 건 나뿐.

팬지도, 코스모스 선배도, 사잔카도, 아무도 모르는 죠로의 얼굴을 아는 건 나뿐. 그러니까 그 얼굴은 나만의 것이라며 매일 등을 때린다.

하지만, 하지만… 나는 이미 죠로의 등을 때릴 수 없어….

"우우우…. 그런 거, 싫어…."

젖은 베개에 얼굴을 대도, 입에서 나오는 것은 진짜 마음.

눌러도, 눌러도 나오는 진짜 마음. 진짜는 말하면 안 되는데.
진짜는 참아야만 하는데….
“나와 버려~….”
“그런가요~! 나오는 건가요~!”
“우? …아, 아스나로! 왜 여기 있어?!”
“조금 일찍 저녁을 먹고 먼저 돌아왔습니다!”
깜짝 놀랐다. 어느 틈에 내 옆자리에 아스나로가 앉아 있었다.
“노, 노크를 안 하면 안 되잖아! 여기, 내 방이야!”
“그게 사실은 제 방이기도 한데요~!”
“우우…. 아스나로, 가끔은 못됐어….”
고마워, 아스나로. 항상 같이 있어 줘서….
“그런 말 하지 마세요! 이러지 않으면 시간을 확보할 수 없었으니까요!”
“시간? 무슨 시간?”
아스나로는 무슨 말을 하는 거지?
“이렇게 히마와리와 둘이서 대화할 시간 말입니다! 사실 좀처럼 마음대로 되지 않아서 머리 아팠어요! 방에는 츠바키와 사잔카가 있고, 관광 시간에는 남의 눈이 있고. 그러니 일단 간신히 둘이서 말할 시간을 확보한 저를 칭찬해 주세요!”
“어, 응…. 아스나로, 대단해….”
“후후훗! 그렇죠! 저는 대단합니다!”

잘은 모르겠지만, 아스나로가 자신만만하니까 칭찬했다.
기쁜 눈치니까 다행이지만.
"뭐, 히마와리도 충분히 대단하지만요! 눈이 엄청 부었거든요?"
"아! 보면 안 돼! 보면 안 돼!"
허둥지둥 이불로 몸을 감추었다.
우우~…. 내 얼굴이 그렇게 이상하구나….
"네네, 안 봅니다. …뭐, 이미 봤지만요!"
"…우우~ …그래서 무슨 이야기?"
"아, 그렇죠! 이대로 가다간 모처럼 확보한 시간이 아깝습니다! 그럼 본론인데요…."
아스나로, 무슨 이야기를 하러 왔어?
무슨 이야기를 듣더라도….
"사실은 죠로가 모두와의 약속을 취소하고 라일락과 연인이 된 모양입니다!"
"……! 그런 건 안 돼!"
나는 무심코 이불에서 뛰쳐나왔다.
그러자 그곳에는….
"네! 저도 그렇게 생각합니다! 안 되죠!"
빙긋빙긋 웃는 아스나로가 나를 보고 있었다.
"…아!"

"후후후…. 역시 이야기를 하려면 얼굴을 맞대고 하는 게 좋죠!"

속았다….

"하지만 지금 이대로 가다간 그렇게 될지도 모르거든요?"

무심코 젖은 베개를 껴안았다.

그랬더니 내 눈에서 나온 것이 살짝 배어 나왔다.

"응. 그럴지도…."

"그 대답…. 하아~ 생각 이상으로 중상인가 보네요…. 뭐, 그렇지 않으면 이런 곳에서 혼자 있지 않겠지만요…."

그래. 나는 중상이다. 큰 상처를 입어서 '아무것도 할 수 없다'.

아니…. 그렇지 않더라도 나는 처음부터….

"…그렇게 '아무것도 할 수 없는' 스스로가 싫습니까?"

"어? 아, 아스나로… 어떻게…."

"2학기가 된 뒤로 다른 이들이 죠로에게 힘이 되는 가운데, 자신만이 죠로에게 힘이 될 수 없다고 생각하는 거죠? 그러니까 최근 계속 기운이 없었던 거죠?"

아스나로, 알아차렸구나….

그러니까 내가 기운이 없어진 뒤로 계속 곁에… 착하구나….

"…응. 난 항상 내가 하고 싶은 일만 하고, 멋대로 굴고…. 그러니까 '아무것도 할 수 없어'…."

"저는 그래도 좋다고 생각하는데요?"

"좋지 않아! 나도 다른 사람처럼 힘이 되고 싶어! 하지만, 하지만하지만! 될 수 없어! 나는 '아무것도 할 수 없어'! 그러니까…."

"자기 마음을 포기할 겁니까?"

"아우우! 그, 그건… 싫어…."

정말로 나는 멋대로 군다. '아무것도 할 수 없는' 주제에, 마지막 하나도 없어진 주제에, 자기 마음을 포기하지 않는다.

아스나로의 질문에 고개를 붕붕 내젓는다….

"후후…. 그런 점이 히마와리의 강점이죠."

"내, 강점?"

"그렇지! 모처럼이니 히마와리에게는 특별히 제 이야기를 들려주겠어요! …제가 등화식 때, **죠로를 향한 마음을 포기했을 때의 이야기를**!"

"……!"

아스나로가 그렇게 말해서 깜짝 놀랐다.

요란제 전날에 있었던 등화식. 거기서 아스나로는 죠로를 향한 마음을 포기했다.

하지만 무슨 일이 있었는지는 아무도 모른다. 아는 것은 죠로와 아스나로뿐.

그 이야기를 내게….

"괘, 괜찮아?"

"네! 히마와리는 제 친구니까요!"

그런 중요한 이야기를, 별로 말하고 싶지 않을 이야기를 태연히 하다니.

아스나로도 역시 대단해….

"그때… 일루미네이션 유실 사건을 해결하는 과정에서 죠로가 엄청난 말을 한 것이 등화식 때 제가 죠로를 향한 마음을 포기한 계기였습니다…."

"엄청난 말?"

"죠로의 '딱 한 명, 특별히 좋아하는 여자'가 누구인가, 입니다."

"어?!"

"물론 직접적으로 이 사람이다, 라는 말을 한 건 아닙니다만, 실수로 말한 내용을 토대로 추측해 등화식 때 죠로에게 확인해 보니, 제 답은 틀리지 않았습니다."

"그럼 아스나로는…."

"알고 있어요. 누가 죠로에게 '딱 한 명, 특별히 좋아하는 여자'인지를."

그랬구나…. 죠로의 '딱 한 명, 특별히 좋아하는 여자'.

모두가 제일 알고 싶어 하는 답. 거기에 아스나로는 누구보다도 먼저 도달했다.

"이미 눈치챘겠지만, 그건 제가 아니었습니다…. 그러니까 마지막 순간에 저는 제 마음을 죠로에게 전했고, 그게 닿지 않았기에… 한 발 먼저 물러났습니다."

죠로의 '딱 한 명, 특별히 좋아하는 여자'. …대체 누구일까?

나일까? …아니, 아니야. 나일 리가 없어.

분명 팬지나 코스모스 선배나 사잔카 중 하나야….

"물론 그게 누구인지 말할 생각은 없습니다. 히마와리든, 히마와리가 아니든, 중대한 룰 위반이니까요. 그리고 말이죠, 히마와리. 중요한 건 이제부터입니다."

"이제부터?"

"당신은 죠로의 '딱 한 명, 특별히 좋아하는 여자'가 자신이 아닐 경우, 거기서 마음을 끝내 버릴 수 있습니까?"

"……! 그런 거 싫어! 나는… 아우…."

또 이런 소리를 한다….

안 돼…. 모두처럼 제대로 죠로의 마음을….

"후훗. 분명 다른 이들도 같아요…."

"똑같아? 나랑?"

"그렇습니다. 팬지도 사잔카도 코스모스 선배도, 설령 자기가 '딱 한 명, 특별히 좋아하는 여자'가 아니라도 포기하지 않습니다. …그게 저와의 큰 차이였던 거죠…."

아스나로가 슬픈 얼굴로 그렇게 말했다. 혹시나 아스나로는….

"후회, 하고 있어?"

"아뇨! 모든 마음을 정리했다고 할 순 없겠지만, 제 안의 마음을 확실히 전했다는 점에서 저는 만족하고 있습니다! 설령 주위에서 어떻게 판단해도 관계없습니다! 저는 멋진 연애를 했습니다!"

멋진 연애… 나와 죠로의 연애는 멋진 연애가 될까?

"그리고 지금 이대로 가면 히마와리는 멋진 연애가 되겠습니까?"

"어! 어어, 으응…."

마치 전부 다 꿰뚫어 보는 것 같아서 놀랐다.

하지만 나는….

"…안 될지도. 난, 항상 어리광만 부리고…."

"그래도 좋습니다. 아까도 말했죠? 그게 히마와리의 강점입니다."

"아냐! 난 약해! 아무것도 못하고, 그저 소꿉친구라는 이유만으로 옆에 있을 수 있고… 지금은 라이가 있으니까…."

나는 이미 필요 없어졌다….

"라일락. …오랜만에 나타난 또 한 명의 소꿉친구. 분명히 상당한 강적이죠. 그렇게 대단한 솜씨로 팬지, 코스모스 선배, 사잔카를 동시에 제압했으니까요."

"무슨 소리?"

"아까 방에서의 대화도 그렇지 않습니까. 그 세 사람은 이번 일에 대해 나설 수 없죠. 왜냐면 이번에는 그녀들에게 가장 중요한 죠로가 라일락의 편에 붙었으니까요!"

그래. 다들 죠로를 생각하고 있다.

나보다도 훨씬….

"하지만 딱 한 명 있거든요? 죠로의 의견을 듣지 않고, 자기 생각만 하는 어리광쟁이 소꿉친구가? 그 사람만이 라일락을 막을 수 있다고 저는 생각합니다."

막아? 나보다도 훨씬 죠로를 좋아하는 라이를?

사잔카도, 코스모스 선배도, 팬지도 막을 수 없는 라이를?

"히마와리. 자기가 '아무것도 할 수 없다'고 생각하지 마세요. 어떤 때라도 솔직히 자기 마음에 따라 행동해 온 당신이 '아무것도 할 수 없다'일 리가 없습니다. …일루미네이션 사건 때도 혼자서 애쓰지 않았습니까? 팬지나 코스모스 선배를 지키기 위해 혼자서 죄를 뒤집어쓰고…."

"하지만 전부 다 해결한 건 내가 아냐! 나는 모두에게 폐만 끼치고, …'아무것도 할 수 없었어'!"

"흠…. 이 정도로 말해도 안 되나요…."

"…미, 미안해."

아스나로는 격려하려고 말했는데, 나는 풀이 죽은 채.

아주 살짝 몸 안의 불이 켜졌을 뿐으로, 그 이상 타오르는 일은 없다.

"아, 아뇨! 사과하지 마세요! 제가 멋대로 한 일이니까요! 하지만 여기서부터는 아무래도 히마와리를… 조금 난처해졌군요…. 음?"

어라? 문이 철컥하고 열렸는데, 누가….

"우후후! 조·커·등·장·입니다!"

"아, 탄포포."

왜인지는 모르지만, 탄포포가 팔에 비닐봉지, 두 손에 쟁반을 들고 우리 방에 들어왔다. …무슨 일이지?

"크…! 타임 오버의 원인이 하필이면 탄포포라니…."

아스나로, 아주 떨떠름한 얼굴이야….

"탄포포, 뭐 하러 왔습니까? 아니, 그 쟁반은…."

"우훗! 실은 오오가 선배에게서 '히마와리의 저녁 식사를 꼭 천사인 탄포포가 전해 줬으면 해!'라고 부탁을 받아서, 이렇게 저녁 식사를 가져왔습니다! 어떤가요? 다정하죠? 그러니까 히나타 선배! 저녁 식사입니다, 드세요!"

탄포포가 내 앞에 쟁반을 놓았다… 그런데, 뭐지?

저녁밥 반찬이 조금 적은 것 같다.

"이상하네요…. 저녁 식사에 나온 고기 튀김은 1인당 여섯 개였을 겁니다. 그런데, 이 접시에는 세 개밖에 없습니다. …탄포포, 당신 설마…."

"효왓! 아, 안 먹었거든요! 서, 설마, 제가 저녁 식사만으로 만족하지 못해서 실수로 히나타 선배 몫의 고기 튀김을 먹다니… 우훗~"

"입가에 부스러기가 묻어 있는 것 같은데요?"

"아니! 방에 들어오기 전에 닦아 냈을 텐데… 헛!"

"역시 그랬습니까…. 정말로 식욕에 따라 행동하는…."

그런가. 탄포포가 먹었구나.

"하네타치 선배! 저를 속였군요! 너무해요!"

"먼저 거짓말을 한 건 탄포포인데. …으으! 모처럼 썬이 준비해 준 히마와리의 저녁 식사를 어쩔 겁니까!"

"미, 미안해요…. 그만 식욕에 져서… 우훗~"

아스나로에게 야단맞아서 풀 죽은 탄포포가 귀엽다.

"괜찮아, 탄포포. 나 그렇게 배 안 고프니까, 먹고 싶은 만큼 먹어도 돼."

"정말인가요! 와아~! 고맙습니다! 그럼 감사히 그 말에 따라… 냠냠냠! 으음! 맛있습니다!"

"아까 1인분을 먹고서도…. 대체 이 아이의 위장은 어떻게 된 건지…."

내가 먹어도 된다고 했더니 순식간에 밥을 먹기 시작하는 탄포포.

썬, 고마워.

직접 오면 내가 미안해하니까, 탄포포에게 부탁한 거지?

"배가 부르고 정말 행복합니다! 우훗~!"

볼록한 배를 쓰다듬으면서 탄포포는 행복하게 앉아 있다.

탄포포는 좋겠다~ 항상 행복해 보여서….

"하아~ 만족스럽게 배를 쓰다듬는 저. …이거라면 분명 키사라기 선배를 필두로 한 솜털바라기도 행복으로 가득해지겠죠!"

가끔은 이상한 소리를 하지만….

"탄포포가 배불러도 모두는 행복해지지 않아…."

"우후후훗! 히나타 선배는 바보네요~! 그럴 리가 없지 않습니까~!"

그럴 리 있다고 생각하는데.

하지만 탄포포가 그렇게 생각한다면 별말 안 하는 쪽이….

"소중한 사람이 행복하면 자기도 행복해지죠? 즉 제가 행복하면 솜털바라기들도 행복해지는 겁니다! 이거야말로 세상의 섭리! 천사의 숙명입니다! 우훗!"

"어? 탄포포, 그게 무슨…."

"음? 제가 이상한 소리를 했나요?"

"아니. 어어, 그 이야기를 자세히 듣고 싶어서…. 왜 자기가 행복하면 다른 사람도 행복해져?"

나는 내 즐거움만 우선하면서 항상 죠로에게 폐를 끼치거든?

전혀 행복해지지 않는데?

“간단한 이야기입니다! 저는 천사로서 솜털바라기에게 미소를 주어야만 합니다! 하지만 그 미소를 전하는 제가 웃지 않으면 솜털바라기는 웃을 수 없죠? 그러니까 저는 항상 행복으로 가득! 미소로 가득합니다! 우후후훗!”

누군가를 행복하게 하려면, 일단 자신이 행복해진다.

나도 죠로가 웃으면 너무 기쁘다. 죠로가 슬프면 나도 웃을 수 없다.

…그럼 죠로는?

“내 소꿉친구는, 내가 웃으면… 어떻게 생각해 줄까?”

…알고 싶다. …죠로의 마음을 알고 싶어….

“우후훗! 알고 싶은가요? 가르쳐 주었으면 하나요? 우후후훗!”

왠지 열 받네. 솔직히 듣고 싶은 마음이 사라졌다.

애초에 탄포포가 죠로의 마음을 알 리가 없는걸.

“안 가르쳐 줘도 돼. 어차피 나는….”

“탄포포! 알고 싶습니다! 부탁할게요, 가르쳐 주세요!”

아스나로가 내 말을 끊고 아주 진지한 얼굴로 그렇게 말했다.

왜 그렇게 갑자기….

“설마 썬이 아사히야마 동물원에서 넌지시 말했던, 내가 곤란할 때에 힘이 되어 주는 ‘든든한 타자’란….”

든든한 타자? 무슨 이야기지?

"어머나~! 어쩔 수 없네요~! 그럼 특별히 가르쳐 드리죠~! …그렇긴 해도 간단한 이야기지만요! 히나타 선배가 웃으면 키사라기 선배도 웃습니다!"

"어, 어째서, 그런 걸 탄포포가…."

"그럴 것이, 히나타 선배는 키사라기 선배가 마음 착한 사람이라고 생각하시죠?"

"으, 응. 그런데…."

그건 죠로가 착한 것뿐. 모두에게 자상한 죠로니까….

"그것이 바로 키사라기 선배에게 히나타 선배가 중요하다는 증명입니다! 누구에게나 다정한 사람은 없습니다! 그 사람이 소중하니까 잘해 주는 겁니다! 즉 히나타 선배가 키사라기 선배를 자상하다고 생각한다면, 그것이 바로 키사라기 선배가 히나타 선배를 소중히 여긴다는 증명입니다! 우훗!"

그런, 가? 죠로는 마음 착한 사람이 아니라, 내게 다정한 건가?

소중한 이에게, 자상히 대하는 사람이야?

"그러니까 키사라기 선배에게 소중한 히나타 선배가 웃고 있으면, 키사라기 선배도 웃는 거죠! 이렇게 간단한 것도 모르다니, 히나타 선배는 바보네요~! 우훗!"

알고 있어. 내가 조금 바보라는 건….

"하지만 나는 '아무것도 할 수 없는데'? 그런 내가…."

"히나타 선배가 아무것도 할 수 없다? 우훗! 우히! 우히히히히힛!!"

왠지 탄포포가 배를 잡고 웃기 시작했다…. 많이 열 받아.

"우히히히히… 하아~ 너무 웃어서 배가 아픕니다! 농담도 적당히 하세요~! 히나타 선배는 키사라기 선배에게 많은 것을 할 수 있지 않나요!"

"…어? 내, 내가, 할 수 있어? 뭐, 뭘…."

"어머? 몰랐던 겁니까? 키사라기 선배는 히나타 선배가 즐거워하면, 아주 기쁜 얼굴을 하는데요? 그러니까 히나타 선배는 자기가 하고 싶다고 생각하는 즐거운 일을 최우선으로 즐기면, 그게 키사라기 선배의 즐거움으로 이어지죠! 봐요, 많은 걸 할 수 있지 않나요! 그러니까 항상 스마일! 미소입니다, 미소! 이힛!"

혹시 나도 할 수 있어? 죠로를 위해… 뭔가를….

아니, 그게 아냐. 나는 이미 하고 있었어?

알고 싶어…. 죠로를 만나서 확인하고 싶어….

"아, 그랬습니다! 그리고 히나타 선배! 사실을 말하자면 저녁 식사 외에도 전할 게 있었네요…. 자, 이걸 받으세요! 이쪽은 확실히 안 먹고 참았으니까요!"

탄포포가 늘어뜨리고 있던 비닐봉지에서 뭔가를 꺼냈다.

뭐지, 안에 뭔가….

"이, 이거! 아마오우 크림빵 유바리 멜론 맛! 그것도 세 개나!"

왜?! 왜 이걸 탄포포가 가지고 있지?!

"우후훗! 실은 산쇼쿠인 선배와 아키노 선배와 마야마 선배가 어제 삿포로 시계탑 다음에 사러 갔던 거죠! 그리고 '우리는 줄 수 없으니까 비밀로 하고 히마와리에게 건네줘'라고 부탁받은 제가 대신 가져온 겁니다!"

"탄포포. 그걸 말하면 안 되지 않나요?"

"효왓! 듣고 보니 그렇습니다! 히나타 선배, 지금 건 잊어 주세요!"

다들 나를 위해서….

좋아하는 아마오우 크림빵을 일부러 사다 주었어?

그건 내가 웃었으면 하니까…지?

기뻐…. 정말, 기뻐….

하지만 나는 어떻게 답례를 할 수 있지?

나는 머리가 좋지 않다. 모두처럼 똑똑하지 않다.

그런 내가 모두에게 할 수 있는 답례는….

"에헤…. 에헤헤헤…. 기뻐…."

"효왓! 히나타 선배가 안구에서 엄청난 양의 눈물을 흘리면서 웃고 있습니다! 어, 어째서인가요?! 설마 제가 너무 귀여운 나머지 두근두근 리미티드를 일으켜서…."

"…내가 안 웃으면, 다들 웃을 수 없잖아!"

생각해도 몰라! 그러니까 나는 내가 즐겁다고 생각하는 일을 모두와 함께 할래!

그게 내가 할 수 있는 답례! 내가 하는 답례야!

"탄포포! 역시 당신이었군요! 평소에는 되어 먹지 않은 짓밖에 안 하는데… 멋진 홈런이었어요! 굿잡입니다, 굿잡!"

"효왓! 하네타치 선배가 갑자기 머리를 쓰다듬어 주었습니다! 왠지 이상한 말이 섞여 있던 것도 같지만, 분명 기분 탓이겠죠! 우후훗!"

아스나로가 붙여 준 불을 탄포포가 활활 타오르게 해 주었다.

가슴 안에서 계속 생겨나는 두근거림. 머리에 떠오르는 많은 즐거움. 그 모든 게 아주 재미있겠지만… 응! 정했어! 지금 내가 제일 하고 싶은 건….

"아스나로, 탄포포! 같이 먹자! 아마오우 크림빵!"

"괜찮아요?! 사실 저도 아마오우 크림빵 유바리 멜론 맛에는 크게 흥미가 있어서… 꼭 먹어 보고 싶습니다!"

"저도! 저도 먹어 보고 싶어요! 사실대로 말하자면 어째서인지 초밥집에서 지갑이 바닥을 드러내서, 다 같이 크림빵을 사러 갔을 때도 저만 못 샀습니다!"

"물론이야! 아마오우 크림빵은 달달하고 폭신폭신… 다 같이 먹으면 더 맛있어지니까!"

괜찮지? 팬지, 코스모스 선배, 사잔카.

세 개 있으니까! 셋이서 먹지 않으면 아까워!

"우훗~…. 이번에야말로 배가 터질 것 같습니다…. 더는 못 먹습니다…."

벌렁 드러누워서 빵빵한 배를 쓰다듬는 탄포포.

정말로 아주… 아주 맛있었어!

역시 아마오우 크림빵은 최고야!

"좋아! 서둘러야지!"

북북 눈을 비벼서 괜한 눈물을 다 닦아 낸 뒤 나는 일어섰다.

그대로 서둘러서 문을 열자,

"꺄아! 아, 아파…."

"우? 지금 그건?"

어라? 문을 열었더니 뭔가에 따콩 하고 부딪쳤다. …뭐지?

"괘, 괜찮아? 팬지!"

"큰일이야! 팬지의 코가 새빨개! 아주 아프겠어!"

"신기한 일이네…. 팬지가 이런 모습이 되다니. …괜찮을까?"

"그러니까 말했잖아! 네가 '일부러라고는 해도 너무 심하게 말했다'고 걱정하는 건 알지만, 문에 달라붙어서 엿듣는 건 위험하다고…. 아! 히, 히마와리!"

방 밖에 있던 것은 팬지와 코스모스 선배와 사잔카와 츠바키와 히이라기.

문에 따콩 하고 부딪친 건 팬지였는지, 빨개진 코를 쓰다듬고 있었다.

"저기… 팬지, 괜찮아?"

"으, 응…. 괜찮아…. 그래서 당신은 어때?"

새빨간 코에 살짝 눈물진 눈으로 나를 똑바로 바라보는 팬지.

진지하고 차가운… 하지만 사실은 따스한 눈이다.

"에헤헤! 나도 괜찮아! 기운 쌩쌩이야!"

"후훗. 그런 모양이네…. **방관자가 아닌 당신이라면 분명 뭐든지 잘 풀려**."

팬지가 코를 쓰다듬으면서 부드럽게 미소 지었다.

"히마와리, 기운이 났어! 기뻐~!"

히이라기가 아주 기쁜 듯이 크게 웃었다.

"응. 역시 히마와리는 그쪽이 좋달까."

츠바키가 차분하고 조용하게 웃었다.

"안심했어. 그래야 히마와리야."

코스모스 선배가 소중한 노트를 들고서 온화하게 웃었다.

"따, 딱히 나는 걱정 안 했지만! 뭐, 뭐어, 기운이 나서, 다행이야…."

사잔카가 부끄러운 듯이 고개를 돌리면서 작게 웃었다.

모두가 웃고 있어! 아주 기뻐! …하지만 아직 부족해!

내가 제일 보고 싶은 얼굴을 아직 못 봤으니까!
“다들 고마워! 그럼 나, 갔다 올게!”
“후훗. 히마와리는 어딜 가는 겁니까?”
“뻔하잖아, 아스나로!”
계속 껴안고 있던, 젖은 베개는 이제 필요 없어!
내가 껴안고 싶은 건….

“죠로! 왜냐면 난 소꿉친구니까!”

“그래야 친구지….”
가슴에 넘쳐 나는 두근거림과 들뜬 기분.
그 마음을 억누르는 게 서투니까 나는….
“그럼… Let's dash!”
항상 말로 하는 거야!

※

“실례하겠습니다~! …어라?”
“우왓! 히마와리! 가, 갑자기 무슨 일이야?!”
“크으~! 갑자기 히마와리가 나타났다! 이건 기뻐해도 되는 겁니까? 됩니다!”

"쿠우후우…. 쿠우후우…. 아루후와의 텐션이 최고조로…."

아니! 방에는 썬과 아루후와와 베에타밖에 없잖아!

왜 죠로가 없어!

"썬! 죠로, 어디?!"

"어? 죠로? 어어… 방금 전에 라일락이 불러서 로비 쪽으로…."

"고마워! 그럼 나 갈래!"

"아, 잠깐 기다려, 히마와리!"

"우? 왜 그래, 썬?"

방을 나가려고 했더니 썬이 불러 세웠다.

빙글 돌아보자, 아주 씩씩한 열혈 활활 앗뜨뜨한 미소를 짓고 있었다.

"…정면에서 부딪쳐!"

"응! 나한테 맡겨!"

"헉! 헉! 헉!"

죠로의 방을 나가서 로비를 향해 Let's dash.

조금만… 조금만 더 가면… 아! 저 뒷모습은!

"라이 녀석, 또 무슨 이야기가 있기에…. 이쪽은 아직…."

찾았다…. 찾았어! 계속, 계속… 내가 지켜보았던 뒷모습.

다른 사람의 뒷모습은 모른다. 하지만 이 뒷모습만큼은 알아!

그러니까 나는 힘껏 달려가서,

"안녕, 죠로!"

그렇게 말하며 등을 때린다!

"으갸갸갸갸갸갸!"

로비에 울리는 죠로의 목소리. 등을 누르고 부들거리고 있다.

"죠로! 아침 인사는 '으갸갸'가 아니라 '안녕'이야!"

"이미 아침이 아니고 밤이잖아! 매번 하는 말이지만, 등을 때리지 말고 평범하게 인사하라고 했잖아! 히마와리!"

그래! 이 얼굴!

눈썹을 찌푸리지만, 아주 조금 입가가 웃고 있는 얼굴!

나만이 아는, 나만의 죠로 얼굴!

"응! 오늘도 죠로다!"

겨우 봤어…. 내가 제일 보고 싶은 얼굴을!

"히마와리, 너, 왜 여기에…."

"죠, 기다렸어~ …아니, 히마?"

로비 쪽에서 죠로를 기다리던 라이가 걸어왔다.

나보다도 훨씬 똑똑하고, 훨씬 자상하고, 훨씬 예쁜… 죠로의 소꿉친구. 전부, 전부, 나보다 훨씬 대단한 여자.

내 마지막 하나는 라이에게 빼앗겼다. 그러니까 내게는 아무것도 없다.

하지만 그래도….

"그래, 라이. 너도 진짜… 으갹! 어어을 어응… 이아와리…."

"아직 그쪽 보면 안 돼!"

나만의 마지막 하나는 주지 않아!

누구에게도 안 줘! 이건 나만의 것이야!

아무도 모르는, 나만이 아는 죠로의 얼굴이야!

"에헤헤! 기뻐…. 정말 기뻐!"

'아무것도 할 수 없는' 내게도 할 수 있는 일은 많이 있어!

떠오른 즐거운 일, 떠오른 하고 싶은 일, 모두와 함께 한꺼번에 할 거야!

"참나, 너는 왜 이런 걸로 기뻐하는 거야…."

좋아하니까.

아니, 그게 아냐…. 이런 말로는 부족해!

좋아하는 것보다 좋아하는 것보다 더 좋아하니까… 어어, 으응….

"모르겠어! 나는 조금 바보야! 그~러~니~까…."

내 안에 있는 좋아한다는 전부 담아서,

"히마와리 파워, 충~전!"

힘껏 껴안는 거니까!

나는 알면서 침묵했다

수학여행 셋째 날.

길었을까, 짧았을까… 수학여행도 드디어 3일 차에 돌입.

오늘 예정은 스키, 스노보드 교실.

어제 갔던 아사히야마 동물원과 마찬가지로 코호 료칸 앞에서 있는 버스를 타고 스키장으로.

그 뒤에 자기 옷이나 장비를 지참한 녀석은 자기 걸 쓰고, 지참하지 않은 녀석은 빌려서 갈아입으면 준비 완료. 미경험자는 오전 중에 선생님께 기초를 배우고, 오후부터는 자유 시간. 경험자는 처음부터 자유 시간이다. …그리고 나는 후자라서 오전부터 자유 시간인 경험자 코스.

본래는 미경험자라서 오전 중에 선생님께 배우려고 했는데….

"후훗! 스노보드라면 라이한테 맡겨!"

오늘도 확실히 따라오신 코호 료칸의 종업원… 카시바나 히노토 씨가 개별 수업을 해 준다면서 다짜고짜 경험자 코스가 되었습니다….

알고 있어? 오늘은 월요일이거든?

"저기, 라이. 너 학교는…."

"괜찮아! 오늘 우리 학교는 대체 휴일이니까!"

뭐랑 어떻게 대체한 건데?

"후훗! 오늘도 같이 '즐거운 추억'을 만들자!"

어어…. 라일락 씨가 내 팔을 꼭 껴안고.

멋진 감촉이 전해 오지 않습니까….

응! 뭐, 오늘이 평일인 건 신경 쓰지 않도록 할까!

애초에 내 수학여행의 목적은 '라일락에게 멋진 추억'을 만들어 주는 것이니까, 라일락이 있는 편이 훨씬 좋고!

다만… 그와 함께 커다란 문제가 두 개 일어났단 말이지….

문제 1.

애초에 수학여행을 가기 전에 나는 팬지와 '3일 차의 스키, 스노보드 교실은 모두와 함께 보낸다'라고 약속했다. 오전 중에 미경험자인 팬지는 선생님께 배우니까 오후가 되면 합류할 예정이었지만, 현재로서는 이것의 실현이 곤란하기 짝이 없다.

라일락은 나에게 '오늘도 **단둘이** 있자'고 말한 것이다.

말하자면 어제 아사히야마 동물원 때와 마찬가지. 오늘도 라일락은 다른 이가 접근하면 다짜고짜 그 녀석을 밀어내려고 하겠지.

문제 2.

이쪽은 스키, 스노보드 교실과 관계없지만, 내가 라일락에게 고백받은 것. 더불어서 '2학기가 끝날 때에 딱 한 명에게 내 마음을 전한다'라는 약속을 취소해 달라고 요구해 온 것.

초등학생 때부터 지금까지 계속 나를 좋아했다는 마음은 아주 고맙지만, 그렇다고 모두와의 약속을 취소하는 건 아니다 싶다.

하지만 그걸 받아들이지 않으면 라일락은 '즐거운 추억'이 되지 않는다고 분명히 말했다. 내 '멋진 추억'과 라일락의 '즐거운 추억'에는 명확한 차이가 있지만, 그래도 같은 부분도 있다.

아무래도 '즐겁다'라는 마음은 어느 쪽에도 공통되니까….

그러니까 목적을 이루기 위해서는… 아니, 아직 체념하기는 이르다.

이 두 개의 문제를 해결하면서 라일락에게 '멋진 추억'을 만들어 줄 수 있을 거야!

하지만… 역시 불안하고 불안하기 짝이 없군.

내 작전이 잘 풀릴지는….

"있잖아, 죠로! 나는 스키복을 가져왔어! 어때! 멋지지?"

이 부활한 무자각 bitch에게 달려 있으니까….

활짝 웃으면서, 지참해 온 노란 바탕의 스키복을 보여 주는 것은 내 소꿉친구인 히마와리.

아무래도 꽤나 마음에 든 모양인지, 나더러 칭찬해 달라는 눈치다.

왜 히마와리가 완전 부활을 이루어서 섞여 들었느냐 하면… 회상, 들어갑니다~!

※

어제 저녁.

"안녕, 죠로!"

"으갸갸갸갸갸갸!"

갑자기 내 등을 덮치는 충격. 아주 잠깐 느낀 그리움은 고통과 함께 흩어졌다.

"죠로! 아침 인사는 '으갸갸'가 아니라 '안녕'이야!"

"이미 아침이 아니고 밤이잖아! 매번 하는 말이지만, 등을 때리지 말고 평범하게 인사하라고 했잖아! 히마와리!"

정말이지 이 녀석은 뭐지?! 내 등을 때려야만 하는 병이라도 걸렸나?!

…아니, 잠깐만. 무심코 평소처럼 소리쳤는데, 이상하잖아?

"응! 오늘도 죠로다!"

왠지 히마와리가 부활하지 않았어? 엄청 천진난만한 웃음을 띠고 있지 않아?

"히마와리, 너, 왜 여기에…."

"죠, 기다렸어~ …아니, 히마?"

아, 그래. 나는 라일락의 호출을 받고 로비에서 만나기로 했다. 아마 내가 온 걸 알아채고 이쪽으로 온 거겠지.

"그래, 라이. 너도 진짜… 으갹! 어어을 어응… 이아와리…."

"아직 그쪽 보면 안 돼!"

아파, 아프니까, 히마와리. 갑자기 두 손으로 내 얼굴을 누르지 마.

"에헤헤! 기뻐…. 정말 기뻐!"

"참나, 너는 왜 이런 걸로 기뻐하는 거야…."

그래. 이게 히마와리다…. 항상 천진난만한 웃음을 띠고, 자기가 하고 싶은 일을 하고, 신기하게 나도 웃게 만든다. 그리고….

"모르겠어! 나는 조금 바보야! 그~러~니~까…."

이 영문 모를 히마와리 이론을 들이댄다.

정말로 기운이 나서 다행이야….

"히마와리 파워, 충~전!"

정말로 기운이 나서 다행이구나아아아아아!!

무자각 bitch의 bitch 어택은 역시 이래야지!

"히마, 뭐 하러 온 거야?"

아, 그렇지. 히마와리 부활에 정신을 빼앗겼지만, 제일 큰 수수께끼가 풀리지 않았다.

지금 라일락이 말했듯이, 왜 히마와리가 여기에….

"응! 나도 내일은 같이 스노보드 탈래! 죠로랑 라이랑 같이!"

진짜냐! 이건 꽤나 고마운 제안이다! 다만 불안한 것은….

"어? 싫은데?"

라일락 씨, 담백! 아주 차가운 표정으로 싹둑 잘라 말했어!

아무리 히마와리라도 이렇게까지 말하면….

"에헤헤! 죠로! 죠로, 죠로!"

하나도 안 듣고 있네. 내 가슴에 자기 얼굴을 마구 비벼 대느라 정신이 없어.

"히마. 나는 히마랑 같이 놀기 싫다고 말했는데?"

"나는 라이랑 같이 못 노는 게 싫어! 그러니까 같이 놀래!"

역시나 대단합니다, 히마와리 씨. 전혀 양보할 마음이 없군요.

"아니! 하지만 히마, 말했잖아! 내가 히마보다 죠를 즐겁게 해 줄 수 있다고!"

로우 텐션에서 하이 텐션으로 바뀌었지만, 발언은 꽤나 날카롭다.

이런…. 이것 때문에 히마와리가 또 기운을 잃어버리면….

"응! 그래! 그러니까 나도 같이 있으면 더 즐거워!"

아, 기우였네요. 라일락 씨의 발언을 전혀 신경 쓰지 않을 뿐만 아니라, 거기 숨겨진 칼날을 전혀 모르고 있네요, 얘.

"우우~! 내가 있으면 충분해! 나는 죠의 소꿉…."

"나도 소꿉친구야! 그러니까 나도 있어야 해!"

"……! 어, 어째서?! 아까까지는, 이걸로…."

잘은 모르지만, 지금 히마와리의 변화는 라일락에게 효과가 강대한 모양인지, 꽤나 놀란 얼굴을 했다.

"라이! 나는 할 수 있는 게 많이 있어! 그러니까 즐거운 일, 하고 싶은 일, 떠오르는 걸 모두와 함께 다 할 거야!"

"큭! 아무것도 남아 있지 않은 주제에… 왜 그렇게 웃고…."

히마와리의 부활은 라일락에게 예상 밖이었던 데다가, 꽤나 불리한 전개였겠지. 동물원에서 코스모스에게 추궁당할 때 이상으로 당황한 표정이었다.

하지만 나에게는….

"내일은 모두와 함께! 초등학생 때랑 같아! 나 정말 기대돼!"

어서 와, 히마와리. 다시 기운을 되찾아서 정말로 기뻐….

※

자, 회상에서 돌아왔어.

그런고로 억지로 자기 의견을 밀어붙인 히마와리도 여기 있는 거지.

참고로 나로서는 히마와리의 참가가 아주 고맙다.

솔직히 그것이 내가 기다리던 전개였으니까.

하지만 막상 그때가 오자, 불안도 생겨나는군….

어쨌든 본래 예정은 히마와리가 처음부터 쌩쌩해서 3일 동안 나는 히마와리와 함께 라일락에게 '멋진 추억'을 만들어 주는 것이었다.

하지만 남은 시간은 고작 하루…. 이 짧은 시간 동안에….

"죠로! 나 칭찬해 줘! 여자가 멋 냈을 때는 칭찬하지 않으면, 전도다난이야!"

정말로 이 바보를 믿어야 하나? 아주 불안하다.

언어도단이라고 해라. 전도다난이라면 내 앞날이 까마득할 뿐이니까.

아무튼 회상 전에 히마와리가 자랑스럽게 보여 준 스키복을 칭찬해 줄까.

"그래, 잘 어울리고 멋지다고 생각해."

"그렇지~? 에헤헤! 고마워, 죠로!"

오오…. 역시나 부활한 히마와리다….

감정에 따라 내 팔을 꼭 껴안고 들잖아.

그런데 부활한 건 좋은데, 결국 이 녀석의 고민은 뭐였지?

게다가 썬이 말했던 '든든한 타자'의 정체도 불명이고….

"히마와리, 오전 중에 저는 코스모스 선배와 같이 탄포포에게 스키를 가르쳐 줘야 하니까 실례하겠습니다! 혹시 여유가 있으면 오후부터 합류할게요!"

"응! 알았어, 아스나로!"

'든든한 타자' 중 하나가 지금 포니테일을 흔들면서 떠나가는 아스나로인 건 틀림없다. 하지만 썬은 녀석들이라고 말했다.

다른 녀석이 누구인지는 모른다….

내 예상으로는 제일 확실한 게 츠바키, 다음이 히이라기, 그 다음이 팬지, 코스모스, 사잔카 중 누군가. 그리고 진짜로 어쩌면의 어쩌면으로….

"효와와와!…. 제가 설산에 온 게 잘한 짓일까요? 제 귀여움에 스키장이 부끄러워서 녹아 버려 눈사태가 일어날 가능성도….”
저건 아니다. 응, 절대로 아냐.
스키장이 녹는 귀여움은 뭐야? 그러면서 스키복만큼은 확실히 챙겨 오고.
…뭐, 이 이상 히마와리 부활의 비밀은 신경 쓰지 않도록 할까.
나는 히마와리 부활을 믿고 기다리기로 했다.
그 결과 확실히 쌩쌩해져서 돌아왔으니까, 그거면 됐잖아.
…그보다도 문제는 이제부터다.
슬슬 본격 시동하는, 라일락에게 ‘멋진 추억’ 만들어 주기 말인데….
“에헤헤! 라이, 오늘은 잔뜩 놀자! 기대돼!”
“후훗, 히마, 나는 죠랑 둘이서가 좋은데~?”
이렇게 라일락은 히마와리를 환영할 생각이 전혀 없다.
어제 아사히야마 동물원에서 사잔카나 코스모스가 섞이려 들 때와 마찬가지다.
라일락은 나와 ‘단둘’이서 보내는 것에 강하게 집착하고 있다.
이 태도를 보아하니 설령 초등학교 때 동급생인 히마와리라도 예외는 아니겠지.
대단하네. 둘이서 나란히 천진난만한 미소를 짓고 있는데, 하는 말은 정반대거든?

"히마, 나는 죠에게만 스노보드를 가르쳐도 될까? 히마는 운동 신경도 뛰어나서 딱히 나한테 배우지 않아도 잘할 것 같으니까!"

"어? 그래? 에헤헤! 그렇구나~!"

기뻐할 때냐. 라일락은 요약하자면 '어디로든 가 버려'라고 말하는 거라고.

"…후훗. 이거면 잘 떼어 놓을 수 있겠어…."

라일락 씨, 중얼거리는 말이 다 들립니다.

"좋았어~! 나 혼자서 잘 탈 수 있게 되겠어~!"

"역시나 히마! 그럼 나는 죠랑 둘이서 열심히 할게! 이해했지?"

"응! 알았어! 그럼 난 따라가서 죠로랑 라이랑 놀래!"

전혀 못 알아들었어! 여러 가지 의미로 전혀 모르고 있어!

역시나 완전 부활을 이룬 히마와리다…. 본능에 따라 행동하고 있어….

"에엑~! 그러면 아무것도 변하지 않잖아! 또 그렇게 고집 부리게?"

"그래! 난 그럴 거야!"

그리고 이 당당함.

제일 대단한 점은, 지금까지 히마와리의 발언에는 전혀 계산이 없다는 점이야.

이거 완전히 그냥 순수한 마음으로 행동하는 거라고.

"큭…! 이러니까 히마는 거슬려! 나랑 궁합이 최악이야!"

모처럼의 예쁜 얼굴이 엄청나게 일그러졌네요, 라일락 씨.

열심히 생각한 지략이 단순한 기세에 분쇄되면 괴롭지. 그 마음은 좀 이해해.

오… 또 라일락이 천진난만한 미소로 돌아왔는데, 이번에는 뭐라고 하려는 걸까?

"있잖아, 히마. 히마의 마음은 알지만, 아~~주 잘 알지만, 오늘만큼은 나한테 양보해 줘! 난 지금밖에 죠랑 같이 있을 수 없어! 응? 이렇게 부탁할게!"

두 손을 모으고 히마와리에게 고개를 숙이는 라일락.

언뜻 보면 하책인 것도 같지만… 이건 안 좋아….

이건 어제 아사히야마 동물원의 사잔카 때와 같은 패턴이다….

즉, 이대로 가면….

"그래! 나도 라이랑 지금밖에 같이 있을 수 없으니까, 같이 있고 싶어!"

동의 포인트, 어디?

"나, 나는… 히마랑 같이 있고 싶다고 생각하지 않는데~?"

"그럼 나랑 라이의 마음을 더해서 반으로 나누면 딱 좋아!"

그거 0 아냐? 둘로 나누기 전에 0이 되지 않았어?

"우우우우! 나는 죠랑 둘이서가 좋은데!"

"라이, 고집 부리면 안 돼! 나도 죠로랑 같이 있는 게 좋아!"
자기 이야기를 쏙 빼놓고 말하는 게 아주 세계 최고 클래스다.
완전히 히마와리에게 페이스가 휘둘리고 있어, 라일락.
왠지 그립네….
초등학교 때, 우리 셋이서 같이 있을 때는 항상 이랬다.
히마와리가 말도 안 되는 소리를 하고, 라일락이 거기에 휘둘린다.
그리고 마지막에….
"죠! 죠는 어떻게 생각해?"
이렇게 나에게 도움을 청하는 거지.
참나… 잊었어, 라일락? 내가 뭐라고 하든….
"히마와리. 난 오늘 라이랑 같이 스노보드 탈 테니까…."
"괜찮아! 다 같이 있는 게 즐거워! 그러니까 다 같이 있어!"
이렇게 영문 모를 히마와리 이론을 밀어붙이잖아.
애석하게도 이렇게 되었을 때의 히마와리에게 내가 이길 수 있을 리가 없어.
"그렇다네, 라일락."
"으으! 알았어! 그럼 히마도 같이 있어!"
결국 우리는 항상 히마와리에게 휘둘리지….
그립구나. 정말로 그리워….
"와아! 나 정말 기대돼! 그럼 일단 단풍잎부터!"

낙엽*이다. 스노보드에 그런 기술은 내가 알기로 존재하지 않으니까.

※

그로부터 30분….

나는 라일락에게 배워서, 히마와리는 독학으로 스노보드를 연습.

그리고 그 결과 말인데….

"와아! 잘 탈 수 있게 됐어!"

"…으윽! 왜 저렇게 간단히 해내는 거야…."

멋지게 턴까지 넣으며 타는 히마와리와 꼴사납게 넘어지는 나.

운동 신경의 차이가 여실하게 드러났다.

"응! 히마는 아주 대단해! 죠는… 조금 더 연습이 필요할까~? 아하하!"

그런 우리의 모습을 보며 즐겁게 웃는 라일락.

언뜻 봐선 순수하게 즐거워하는 걸로 보이지? 하지만….

"정말?! 나 대단해?"

"물론이야! 이렇게 금방 스노보드를 탈 수 있게 되다니 놀랐

※낙엽 : 스노보드를 탈 때 좌우로 방향 전환을 하면서 내려가는 기술. 원래 명칭은 펜듈럼이지만, 낙엽 타기로도 불린다.

어! 역시 히마는 운동 신경이 좋네!"

"그렇지~? 난 대단해!"

작은 몸으로 가슴을 펴는 히마와리.

라일락의 눈동자가 요사스럽게 반짝 빛나는 것을 전혀 모르는 모양이다.

"그러니까 히마는 이제 혼자라도 괜찮아! …자, 슬슬 초심자 코스는 질렸지? 그러니까 리프트를 타고 상급자 코스로 가도 돼!"

네, 나왔습니다! 라일락 씨, 히마와리 씨를 배제할 마음이 가득합니다!

대놓고 말하는 게 아니라 칭찬하고 띄워 줘서 떼어 놓는 작전으로 변경한 모양이다.

"와아! 그럼 다 같이 리프트 타자! 경주야, 경주!"

뭐, 전혀 효과는 없지만요.

아까부터 몇 번이나 비슷한 모습을 보았는지….

"히마, 우리가 둘이서 놀면 죠가 곤란하잖아? 그러니까…."

"응! 셋이서 놀면 완벽해!"

자각도 없이 완벽하게 라일락의 지략을 파괴하고 드네.

"안 돼~ 죠는 아직 잘 못 타니까, 일단 가르쳐 줘야지!"

"괜찮아! 죠로는 하면 할 수 있어!"

못합니다. 아까부터 본인 나름대로 열심히 하고는 있는데, 전혀 못 탑니다.

“그러니까 높은 곳에서 휘잉 하고 타고 내려오면 나는 즐겁고, 죠로는 실력이 늘고, 일석삼조야! 에헤헤!”

세 번째 새는 어디서 날아왔냐? 왜 자신만만함이 더 늘었어?

과연 정말로 히마와리에게 전부 맡겨도 될까?

불안감밖에 들지 않는, 아주 멍청한 한마디다.

“자, 얼른 가자! 신나게 타면 재미있으니까, 분명 괜찮아!”

오락성보다 안전성을 중시하고 싶은 오늘이다.

여전히 히마와리의 고집에 휘둘리는 가운데 우리는 리프트를 타고 산 정상으로.

참고로 리프트 자리는 내가 혼자, 히마와리와 라일락이 둘이서 탔다.

이번에도 라일락이 히마와리를 혼자 리프트에 태우고 자신과 나는 타지 않는, 바이바이 히마와리 작전을 계획했지만, ‘난 라이랑 같이~’라면서 무조건 라일락의 손을 끄는 바람에 또다시 작전은 실패.

오늘의 히마와리는 지금까지 의기소침했던 때에 모아 두었던 에너지를 폭발시키는 건지, 평소보다 세 배 정도 프리덤한 느낌이다.

“와아~! 경치가 잘 보여, 죠로!”

"분명히 엄청 높군. …여기서부터 타는 건 조금 무서운데."

"괜찮아! 나도 같이 있으니까 무섭지 않아!"

오히려 네가 같이 있으니까 무서워. 무슨 짓을 할지 몰라서.

그런데 라일락은….

"역시 히마를 어떻게 하지 않으면… 이대로 가다간 나는…."

꽤나 여유를 잃은 기색으로, 하이 텐션 모드를 서서히 유지하지 못하고 있었다.

뭐, 그만큼 무슨 짓을 해도 통하지 않았으니까…. 그 마음은 모를 것도 아니다.

"그래! 히마가 하고 싶은 걸 시키면… 저기, 히마!"

아무래도 또 뭔가 떠올린 모양이다. 밝은 미소로 히마와리에게 다가갔다.

과연 이번에야말로 잘될 것인가….

"왜 그래, 라이?"

"저기, 모처럼 실력이 늘었으니까 경주 안 할래? 누가 먼저 아래에 도착하는지 승부야!"

"승부! 재미있겠어! 나 할래!"

과연, 그런 수로 나왔나.

운동부인 히마와리의 투쟁 본능을 부채질하는 '승부'라는 말. 어제까지의 히마와리라면 효과가 약했을지 모르지만, 지금의 부활한 히마와리라면 이런 승부에 잘 넘어온다.

이번에는 배틀 방면으로 유도하는 작전으로 공략했다는 거로군.

아마도 라일락은 이 승부에서 이길 생각이 없다.

먼저 히마와리를 보내고 그대로 방치. 그리고 자기는 남아서….

“좋았어! 그럼 신호는 어떻게 할까? 아, 그렇지! 죠에게….”

“응! 죠로가 출발하는 걸 신호로 하자!”

그렇게 나왔냐고 할 수밖에 없는 반격이다.

“어어, 그냥 죠에게 평범하게 신호해 달라는 게….”

그래. 히마와리만 타고 내려가고, 자기는 남아서 나와 둘이서 있으려고 한 거지. 내가 출발하는 게 신호면 곤란하겠지.

“안 돼! 그러면 죠로가 혼자 남잖아! 가엾잖아!”

일단 본인으로서는 생각하고 한 발언인 모양이다.

설마 이렇게까지 철저하게 자각 없이 라일락의 작전을 저지하다니….

역시나 자칭 ‘조금 바보’다.

“큭! 또 이상한 방법으로 내 작전을…! 아니, 기다려 봐…. 그럼 내가 히마보다 먼저 도착하면 죠도 먼저 도착하겠지? 그러면 히마가 오기 전에 죠랑 둘이서 어디로 가면… 이거다!”

틀렸어.

아무리 압승을 해도 히마와리가 오기 전에 둘이서 빠져나갈 순 없어.

애초에 내가 히마와리에게 이기는 것 자체가 어렵기 짝이 없어.

서서히 라일락도 바보가 되어 가는 듯한 느낌이 드는군….

"그럼 죠로! 먼저 출발해! 그러면 내가 따라갈 테니까!"

"그래! 죠, 빠르게 출발해! 스노보드의 각도는 항상 사면과 평행으로!"

"아니, 먼저 출발하라고 해도…."

여기 경사가 꽤 대단하거든? 나 같은 초보가 탔다간….

"효오오오오오! 머, 멈추지 않습니다! 누가 좀 세워… 우보보보봇!"

"탄포포! 그러니까 여기는 아직 이르다고 하지 않았습니까! …아앗! 넘어져서 구른 탄포포가 눈덩이가 되어 갑니다!"

아마 저 정도까지는 아니겠지.

스키 타다가 넘어져서 눈덩이가 되다니…. 역시나 바보신이다.

"이런! 탄포포를 쫓아가야 해! 어서 가자, 아스나로!"

"네! 코스모스 선배!"

아니, 저 녀석들도 여기에 있었나…. 그리고 아스나로와 코스모스, 스키 잘 타네.

둘 다 엄청나게 멋지게 타고 있어. 역시나 아오모리 출신과 만능 이전 학생회장.

"우우~! 죠로, 얼른 가! 나도 빨리 타고 싶어!"

"그래! 서두르지 않으면 시간은 쑥쑥 없어져!"

너희들, 사이가 좋은 거냐, 나쁜 거냐?

"알았어…. 출발하면 되잖아, 출발하면…."

솔직히 무섭기 짝이 없지만, 이 이상 여기에 있으면 견딜 수 없어진 히마와리가 등을 툭 떠밀어서 억지로 출발시킬지도 모른다.

그럼 얌전히 직접 출발하는 게 차라리 낫다.

"그럼 간다?"

""응!""

진지하게 준비하는 히마와리와 라일락.

한 명은 싱글싱글 천진난만한 미소를, 또 한 명은 진짜 승부사 같은 표정을 하고 있다.

"여차!"

"간다아아아아!" "내가아아아아아!"

내가 출발하자, 동시에 설산에 울리는 두 개의 포효. 특히나 라일락의 고함 소리가 대단하다.

지금까지의 천진난만한 밝음은 대체 어디로 갔냐고 묻고 싶어지는 마음으로 가득하다.

아, 참고로 나는 출발과 동시에 낙엽 자세로 브레이크를 걸었어. 아니, 무섭잖아.

…훗. 이런 일도 있지 않을까 하고 낙엽 자세를 터득해 두길 잘했군.

이거면 안심하고….

“어라? 죠로, 이런 곳에서 필연이네. …후훗. 슬슬 오지 않을까 싶어서 대기하고 있길 잘했네.”

“팬지, 너 대단하네! 정말로 죠로가 왔잖아! 그, 그럼, 이다음은 도망치지 못하게 주먹으로 온건하게 부탁을….”

“낙엽 자세 캔슬이다아아아!”

아무튼 속공으로 스노보드를 경사면에 평행으로 두고 전속력으로 타고 내려갔다.

녀석들, 오전 중에는 선생님한테 배우는 거 아니었어?!

왜 저런 곳에 있지!

아무튼 서둘러서… 어라, 응? 왠지 속도가 엄청 나오지 않아? 엄청난 기세로….

“어, 어이! 아, 안 멈추잖아! 이거 위험해! 누가 좀 세워… 우갸아아아아!”

“와와와앗! 저건 키사라기 선배입니다! 키사라기 선배가 스피드를 컨트롤하지 못해서 엉망으로 구르고 있습니다! 우햐! 우햐햐햐!!”

닥쳐, 눈덩이. 너한테만큼은 절대로 듣고 싶지 않아.

“탄포포, 아직 눈을 떼 내고 있으니까 그렇게 날뛰면… 아앗!”

"우하야하야… 어라? 왠지 제 몸이 멋대로 구르기 시작한 듯 한… 구, 구르고 있습니다! 안 됩니다! 이대로 가다간 또… 우효효효횻!"

"이런! 탄포포를 쫓아가야 돼! 서두르자, 아스나로!"

"네! 코스모스 선배!"

꼴좋다.

"와자! 내 승리!"

"허억…. 허억…. 왜 시작한 지 얼마 안 되는 히마에게…."

바보 눈덩이를 지켜보면서 신중하게 아래까지 내려오자, 거기서 기다리는 것은 두 소녀.

한 명은 활짝 웃으면서 귀엽게 승리 포즈를 하고 있고, 또 한 명은 내심 분한 듯이 주먹을 움켜쥐고 있다. 아무래도 스노보드 경주는 히마와리가 이긴 모양이군.

"히마, 한 번 더 승부야! 지금 건 조금 방심했을 뿐이니까!"

"좋아! 난 안 져~!"

"그럼 다시 위로 올라가자! 자, 죠도 얼른!"

라일락 씨, 당초의 목적은 어디로 간 거지?

"아니, 가능하면 나는 슬슬 휴식을…."

"무슨 소리야! 죠가 없으면 누가 시작 신호를 하는데!"

위에 있는 지나가던 누군가면 되지 않아? 난 골인 지점에서 확인하면 안 돼?

"그래, 죠로! 그런 소리 하면 안 돼! 우리의 승부는 죠로가 있어야 시작되니까!"

그런 승부, 시작하지 않아도 돼.

"…딱히 내가 없어도 어떻게든 되지 않을까…."

"안 돼! 죠로랑 나는 소꿉친구니까! 에헤헤!"

또 영문 모를 히마와리 이론을 전개하고….

응? 저건….

"썬, 대단해! 아주 잘 타~!"

"헤헷! 나한테 걸리면 이 정도야 낙승이지! 요령은 알았으니까, 이제부터는 내가 가르쳐 주지! 츠바키, 히이라기!"

"응, 그건 고맙달까. 히이라기의 낯가림 때문에 선생님께 배울 순 없고."

"와자~! 이걸로 나도 스노보드를 탈 수 있게 되는 거야~!"

저기는 평화로워서 좋군~ 아예 지금부터 나도 저기 끼는 건….

"죠로, 얼른 와!" "죠, 얼른!"

무리로군요…. 알고 있었습니다….

"좋아! 내 승리!"

"우우~! 졌어~! 분해~!"

두 번째 승부는 라일락의 승리. 스노보드를 잡은 채로 발을 구르듯이 좌우로 흔드는 히마와리와 씩씩하게 승리 포즈를 취하는 라일락.

참고로 나는 이번에야말로 신호를 보내고서는 낙엽 포즈로 스톱하려고 했는데, 지난번에 이어서 스토커와 온건한 주먹이 스탠바이하고 있었기에 즉각 낙엽 자세를 포기.

덕분에 엄청나게 피곤하지만, 아까보다 구르는 횟수가 줄었다. 좋았어.

"히마! 이걸로 1승 1패니까!"

"응! 나랑 라이는 일승일패야!"

졌는데 왠지 기쁜 듯이 웃는군.

하지만 이것이 히마와리의 진짜 모습이지. 자기가 하고 싶은 것을 진심으로 즐긴다.

정말로 항상 솔직하게 웃으니까, 어느새 이쪽도 즐거워지지.

그 증거로 라일락도,

"히마한테는 절대로 안 질 거니까! 내 쪽이 대단하니까!"

지금까지의 가짜 같은 미소와 다른, 진짜 미소를 띠고 있으니까.

나로서는 끌어낼 수 없었던, 라일락의 진짜 미소.

그걸 끌어낸 것은….

"나도 안 져~! 다음에는 확실히 이길 거니까!"

크림빵을 좋아하는, 더없이 밝은 내 소꿉친구다.

※

그 뒤로 라일락과 히마와리의 승부는 한동안 이어져서, 결과는 5승 5패로 무승부.

어느 쪽도 양보가 없는 데드히트였지만, 나는 매번 뒤에 처졌기 때문에 그 승부를 자세히 본 적은 한 번도 없었다. 뭐, 이러니저러니 어울린 덕분에 나름 스노보드 실력이 늘었으니까 좋은 걸로 치자.

그렇게 해서 현재는 간신히 내가 고대하던 휴식 시간.

스키장에 설치된 레스토랑에 들어가서, 느긋하게 밥을 먹고 있는데….

"히, 힘들다…. 하지만 승부는 5승 5패. …후후훗. 무승부니까…."

오전 중의 승부 때문인지, 라일락은 완전히 지친 모습.

하지만 히마와리에게 지지 않았던 것에 달성감을 느끼는지 만족스러운 기색이다.

그리고 그런 사투를 벌인 또 한 명 말인데….

"아! 팬지네도 있어! 죠로! 나 저쪽에 갔다 올게!"

"어, 그래…. 알았어."

아주 쌩쌩하다. 아직 체력이 남아도는 모양인지, 같은 레스토랑에 온 팬지와 사잔카에게로 웃으며 돌격했다. 정말로 행동이 프리덤이다.

"…후훗! 겨우 찬스가 왔네!"

그런 히마와리의 모습을 보고 라일락이 히죽 웃었다.

승부에 열이 올라서 까맣게 잊은 줄 알았지만, 당초 목적은 확실히 기억하는 모양이다.

"히마를 떼어 내려고 해도 절대로 떨어지지 않는다. …그럼 스스로 떨어질 때까지 기다리는 게 제일이야! 초등학생 때도 항상 그랬고!"

그래. 라일락과 둘이서 빠져나갈 때는 항상 히마와리가 없을 때였다.

녀석은 있으면 반드시 따라왔고.

"저기… 죠. 오후에야말로 둘이서 타지 않을래? 히마한테는 친구가 많이 있으니까, 우리랑 같이 있지 않아도 되잖아."

매달리듯이 가만히 나를 바라보는 라일락.

분명히 기운이 없는 히마와리라면 몰라도, 부활한 지금의 히마와리라면 딱히 우리와 함께 있지 않아도 충분히 즐길 수 있겠지.

"뭐, 그럴지도…."

"죠는 싫어? 나랑 단둘이 있는 건?"

얼굴을 살짝 붉히며 달콤한 목소리로 속삭이는 라일락.

어른스럽지만 살짝 고집쟁이인, 과거의 모습이 느껴지는 매력적인 표정이다.

“그렇진 않아. 애초에 초등학생 때는 곧잘 둘이서 있었잖아.”

“그랬어. 히마가 없는 타이밍에 죠가 항상 불러 낸 걸 기억해. 저기, 그건….”

선정적인 눈동자로 가만히 나를 바라보는 라일락.

무슨 말을 듣고 싶은지는 말로 하지 않아도 안다.

“그래…. 나는 라이와 둘이 있고 싶었어. 초등학생 때, 나는….”

라일락의 눈동자를 바라보면서 나는 천천히 입을 움직였다.

그때, 전하지 못했던 것을 전하기 위해서.

“초등학생 때, 나는 라이를 좋아했으니까.”

계속 말할 수 없었던 고백이 6년의 세월을 지나서 간신히 입에서 튀어나왔다.

그래. 나는 라일락을 좋아했다. 항상 혼자서 조용히 자기 자리에 앉아 있는 소녀.

하지만 그 눈동자는 누군가를 기다리는 것처럼 느껴져서 가만둘 수 없었고… 어느 틈에 매일 시선으로 좇고 있어서… 그리고 좋아하게 되었다.

“그렇구나…. 기뻐… 정말 기뻐….”

초등학생 때의 라일락을 떠올리게 하는 온화하고 다정한, 차분한 미소. 서로 성장했을 텐데, 지금만큼은 초등학생 때로 돌아간 듯한 착각마저 느껴졌다.

"그 마음은 지금도 변함없지?"

하지만 내 대답은 어디까지나 초등학생 때의 것. 라일락이 알고 싶은 것은 지금 나의 대답이다.

"죠에게 '특별히 좋아하는 여자'가 있다는 건 알아. 하지만 딱히 한 명만 좋아해야 한다는 법은 없어. 누구도 마음을 억누를 수 없는 법이야."

그래…. 그 말의 의미는 잘 알아….

내 주위에 있는 여자들은 모두 매력적으로 멋지다. …물론 라일락도.

"하지만 전할 수 있는 것은 한 명뿐. 죠, 네가 다른 여자를 좋아하는 마음을 가졌더라도 상관없어. 하지만 나한테만 전하도록 해. 나에게 당신의 마음을 줘…."

라일락의 손이 가만히 내 손등에 겹쳐졌다.

어딘가 여유가 느껴지는 미소를 짓고 있지만, 어디까지나 표면적인 것.

내 손에 댄 그 손에서는 희미한 떨림이 전해져 왔다.

사실은 긴장했는데, 애써서 웃으며 허세를 부리는 거지….

"원거리 연애는 잘 안 된다고 하지만, 나와 죠라면 괜찮아. 지금까지 아주 오랫동안 떨어져 있었는데, 내 마음은 전혀 바뀌지 않았으니까."

자연스럽게 라일락의 손이 닿은 내 손에 힘이 들어갔다.

초등학생 시절, 계속 좋아했던 내 첫사랑이… 그 무렵보다도 훨씬 예뻐져서 마음을 전하고 있다. 긴장하지 않을 리가 없다.

아주 잠깐, 머리에 떠오른 것은 팬지, 코스모스, 사잔카의 부드러운 미소.

하지만 나는 그것들을 뿌리치고 정면에 있는 라일락을 똑바로 바라보았다.

“그래…. 라이의 마음은 하나도 변하지 않았군?”

“물론. 초등학생 때의 마음은 계속 그대로 있어.”

겨우 나도 전할 수 있겠어….

그 무렵에는 용기가 없어서 전할 수 없었던, 진짜 마음을….

“죠, 괜찮지? 앞으로는 내가 죠의 제일 가까운 곳에….”

“안 돼. …라이, 너는 내 곁에 있으면 안 돼.”

내 손에 얹힌 그녀의 손을 뿌리치고, 나는 조용히 라일락에게 그렇게 전했다.

“어, 어째서?! 나는 계속 죠를 좋아했어! 게다가 무엇보다 죠를 잘 이해하고 있어!”

강하게 내뱉는 라일락.

나의 대답이 예상 밖이었는지, 눈의 초점이 잘 맞지 않았다.

"그래, 그럴지도 몰라. 하지만, 라이. …그건 반대로도 생각할 수 있지 않을까?"

"반대?"

그래…. 라일락은 사실 나에 대해 잘 이해하고 있겠지.

애초에 초등학생 때는 매일처럼 함께 있었다.

함께 지낸 시간만 생각하면 히마와리 다음으로 많은 것은 라일락이겠지.

그러니까 라일락이 나에 대해 알고 있다면, 반대로….

"나도 라이에 대해 나름 알고 있다는 소리야."

어이, 라일락. 사실 난 알고 있거든?

초등학생 때의 네 진짜 마음을.

그러니까 지금이야말로 전해야 해. …계속 하지 못했던 진짜 말을.

아무리 가시밭길이라도, 아무리 두렵더라도.

"그럼 완벽하잖아! 서로를 이해한다니 이상적인 연인이야! …그러니까 부탁이야, 죠! 곁에 있어 줘! 죠가 나와 연인이 되어 준다면…."

"이번에야말로 **히마와리에게 이길 수 있다**는 거지?"

하기로 결심했으면 한다. 그것이 내 모토다.

"무, 무슨 의미, 일까?"

그렇게 물으면서도, 라일락으로서는 제일 듣고 싶지 않은 말이었겠지.

지금까지의 열의가 급격하게 식은 예리한 시선이 나를 꿰뚫었다.

"히마와리에게 이기고 싶어서 나와 함께 있었던 거지? 히마와리의 소꿉친구고, 항상 함께 있는 나와 네가 함께 있으면, 그거면 승리가 된다고 생각했겠지? …나를 좋아한다는 고백도… 전부 그걸 위한 거고."

"아, 아냐! 나는 죠를 소중히 생각하고…."

"그럼 왜 재회했을 때부터 라이는 히마와리만 신경 썼지?"

"……!"

라일락은 계속 그랬다.

아사히야마 동물원에서도 항상 히마와리의 시야에 들어가려고 행동했고, 어제 저녁 식사 때도 히마와리가 오는 동시에 내게 참견하기 시작했다. …항상 적당한 거리를 유지하다가. 재회한 뒤로 라일락은 마치 히마와리에게 보여 주려는 듯이 내 근처에 있었다.

"계속 원망했지? 씰 사건을…."

반 아이들에게서 씰을 훔친 범인으로 의심을 샀고, 유일하게 범인이 아니라는 걸 아는 나는 도와주지 않았고, 히마와리에게 도움을 받았던 그 최악의 사건.

그것이 라일락에게 강한 쐐기를 꽂았고, 그것은 지금도 빠지지 않았다.

"아, 아냐! 말했잖아! 그 사건은 아주 쇼크였지만, 딱히 죠에 대해 원한을 품은 건 아니라고!"

라일락의 진짜 마음을 마지막에 확신한 것은 아사히야마 동물원에서 있었던 코스모스와의 사건.

아마도 그때 코스모스도 알아차렸겠지. …라일락의 진짜 마음을.

그러니까 나는 제지했다. 혹시 거기서 코스모스가 모든 것을 말했다면, 그걸로 끝나고 더 전진할 수 없어졌을 테니까….

"미안… 라이. 처음부터… 초등학생 때부터 알고 있었어…. 네가 나와 함께 있는 **진짜 이유**를."

"내, 내가 죠와 있는, 진짜 이유?"

"분명히 라이는 씰 도난 사건으로 **내게는** 원한을 품지 않았겠지. …하지만 그게 전부가 아니잖아? 그 사건 이후로 계속 원망한 사람이 있지. 그건…."

그때 코스모스와의 대화에서 라일락은 의도적으로 말하지 않았던 게 있다. 일부러 감추었던 게 있다. 그건….

"히마와리지?"

정말로 자기가 원망하는 상대를 라일락은 숨겼다.

"어, 어째서 내가, 도와준 히마를 원망해?! 나는…."

"분했던 거지? 제일 도움 받고 싶지 않았던 라이벌에게 도움을 받아서…."

"…앗!"

수학여행 첫날의 삿포로 관광 때 나는 어떻게든 히마와리를 회복시키기 위해 아군을 늘리려고 코스모스에게 협력을 요청했다. 하지만 그때 코스모스는 이렇게 말했다.

'죠로. 라이벌이 사정을 이해하고 도와준다니, 혹시 내가 히마와리 입장이라면 분해서 스스로가 비참하게 느껴질 뿐이야.'

이것은 초등학생 때의 라일락이라도 할 수 있는 말이었다.

씰 도난 사건으로 궁지에 몰려서 어떻게 할 수 없는 처지에 빠진 라일락.

그때 도와준 것은 자기가 제일 지고 싶지 않은 상대인 히마와리였다.

라일락은 그게 분했다. 라이벌에게 도움이나 받은 스스로를 비참하게 느꼈다.

그리고 변함없이 그 마음을 계속 품고 있었다….

그러니까 라일락은 히마와리와 재회하는 것을 알고, 이번에야말로 이기려고 했다.

지금까지 계속 이기지 못했던, 자신의 라이벌에게….

"라이와 재회했을 때 정말로 놀랐어. 엄청 미인이 되었고, 성격도 완전히 바뀌었으니까. 하지만 같이 있으면서 생각했어. 뭐랄까, 마치….”

그 씰 도난 사건을 통해 라일락은 분발해서 자기 자신을 바꾸었다고 말했다.

그 마음은 이해한다.

왜냐면 나도 그 사건 이후로 둔감순정BOY로 스스로를 꾸미기 시작했기 때문이다.

하지만 라일락은 그 한 발 앞을 갔다. 스스로를 꾸미는 게 아니라 변화시켰다.

그리고 그 변화의 대상으로 택한 것이….

“히마와리 같다고 말이야.”

천진난만하고 밝은 태도, 조금 지나치다고 할 수 있는 과도한 스킨십, 자기가 하고 싶은 바를 무조건, 억지로라도 하려고 하는 자세. 그건 모두… 히마와리의 그것이라고 할 수 있다.

“…그래. 전부, 처음부터 알고 있었구나….”

이 이상 부정해도 헛일이라는 걸 알았을까, 라일락이 어딘가 체념한 듯한 목소리로 그렇게 말했다.

그 조용한 태도는 얌전하고 눈에 띄지 않던 초등학생 때의 카시바나 히노토의 것이었다.

“하지만 오해하지 마. 나는 딱히 히마를 싫어하는 건….”

“알고 있어. 아사히야마 동물원에서도 말했잖아. 계속 동경했다고….”

“응, 그래…. 나는 백곰이 되고 싶었으니까….”

그래. 라일락은 히마를 싫어하는 게 아니다.

계속 히마와리를 동경했을 뿐이다.

동경했으니까, 히마와리가 되고 싶었다…. 히마와리에게 이기고 싶었다….

“초등학생 때의 나는 아주 조용했잖아? 모두와 어울리지 않고, 항상 내 자리에 있으며…. 그리고 모두에게 두려움을 사고….”

그랬지. 라일락은 항상 자기 자리에서 조용히 지냈다. 그저 그때 꽤나 날카로운 눈으로 모두를 보았기에, 다른 아이들은 라일락을 꺼려했다.

“하지만 사실은 모두와 함께 있고 싶었어…. 모두가 모이는 것은 누군가의 자리. 내가 일어서서 끼면 한가운데에 들어갈 수 없어. 그러니까 계속 앉아서 기다렸어. …언젠가 내가 한가운데에 들어갈 날이 오리라고 믿고….”

그래서 라일락은 계속 자기 자리에 있었나…. 차갑고 접근하기 어려운 태도는 오히려 정반대. 누군가가 자기 곁에 와 달라고 호소하는 태도였다.

“하지만 아무리 기다려도 내 자리에는 아무도 안 왔어…. 모두가 있는 곳은 항상 백곰의 곁…. 내가 되고 싶은 나는 이미 따로 있었어….”

백곰… 히마와리의 주위는 정말 항상 그런 느낌이다.

남녀를 가리지 않고 모두가 모이고, 그리고 아주 즐거워 보이고….

"그랬더니 백곰은 혼자 있는 나를 가만 놔두지 않았어."

"그래…. 나도 그게 계기가 되어서 라이랑 친해졌고…."

초등학생 때에 라일락과 제일 먼저 친해진 건 내가 아니다. 히마와리다.

나는 부스러기를 받아먹었을 뿐. 남자가 여자에게 말을 거는 것은 왠지 창피한 짓을 하는 기분이라서, 항상 모두가 없는 곳에서 함께 있었을 뿐.

하지만 히마와리는 다르다. 어떤 때라도 라일락과 함께 있었다. 그리고….

"백곰이 오면 다른 사람도 많이 내 자리에 왔어. 나는 한가운데에 있을 수 있게 되었어. …하지만 그건 가짜. 내가 한가운데에 앉아 있는데, 한가운데에 있는 것은 내 옆에 서 있는 백곰이었어…. 정말로 분해서… 언젠가 반드시 이기겠다고, 내가 백곰이 되어 주겠다고 결의했어."

라일락이 명확하게 히마와리에게 이기자고 생각한 것은 그런 점이었나.

그리고 그 승리의 첫걸음으로 고른 것이…… 나였다…….

"미안, 죠…. 나는 초등학생 때 죠에게 딱히 무슨 마음이 있었던 건 아니야. 다만 항상 히마와 함께 있는 사람이니까, 어떻게든 그 사람에게라도 말을 걸자고 생각했을 뿐이야….”

“알고 있으니까 신경 쓰지 마. 게다가 나도…… 미안.”

초등학생 때의 나는 라일락의 진짜 마음을 알면서도 내가 라일락과 있고 싶기에 모르는 척했다.

그런 주제에 중요한 때에는 라일락을 돕지 않고 버린, 못돼 먹은 놈이다….

“그러니까 재회한다는 걸 알았을 때, 나는 이번에야말로 백곰에게 이기려고 했어. 반드시 죠를 손에 넣어서 백곰에게 한 방 먹여 주려고 했어. 하지만 죠의 대답은….”

“나는 이미 초등학생 때의 내가 아냐. 무엇보다도… 이런 형태로 히마와리에게 이기지 말아 줘.”

“…그래. 그럴 거라고 생각했어….”

내 대답이 결정타가 되었을까, 라일락은 조용히 고개를 숙였다.

초등학생 때부터 계속 히마와리가 되고 싶어서 지금까지 필사적으로 노력해 왔는데, 결국 백곰에게 미치지 못했다고 판단했겠지.

하지만 그건 큰 착각이다.

“있잖아, 라이….”

“왜, 죠?”

나와 라이는 비슷한 점이 있다.

그 사건 이후로 자기 성격을 꾸미려고 한 것, 인기인이 되고 싶었던 것.

그리고… 재회할 수 있다는 걸 알고, 반드시 해내겠다고 결심한 것이 있다는 점이다.

라일락은 결코 히마와리를 싫어하지 않는다.

만약 싫다면 오전에 그렇게 즐겁게 스노보드로 승부했을 리가 없다.

다만 고집을 부릴 뿐.

동경하니까, 지고 싶지 않으니까, 고집을 피우며 대항심을 불태울 뿐.

말했잖아, 라이? 나는 네 진짜 마음을 잘 알아.

대항심 안에 숨겨져 있는 또 하나의… 진짜 마음을.

아니… 나도 최근까지 비슷한 마음을 **그 남자**에게 계속 품고 있었으니까.

"난 말이지, 고등학생이 된 뒤로 알게 된 녀석이 있어. …내가 되고 싶은 완벽한 나 같은 녀석이. 그리고 나는 그 녀석을 동경해서, 그 녀석에게 이기고 싶어서… 사실은 친해지고 싶은데, 대항심을 불태우며 항상 으르렁거리고…. 하지만 내 마음에 솔직해져서 녀석과 친구가 되었을 때에는… 정말로 기뻤어."

그렇지, 호스?

홋카이도에서 선물을 사 갈 테니까, 너도 오스트레일리아에서 선물 사 와라?

"라이도 솔직해져 봐. …아까도 말했잖아? 너는 아주 미인이고 밝아졌어. 지금은 학교에서도 인기 있다고 자기 입으로 그랬잖아. …이상하게 고집 피울 필요는 없어. 그러니까…."

나를 원망해도 좋아…. 나에게 아무런 마음이 없어도 좋아….

하지만, 그래도….

"히마와리랑 친구가 되면 안 될까?"

내 소꿉친구를 원망하지 말아 줘.

이게 내가 생각하는 '라일락에게 멋진 추억'을 만들어 주는 것.

요란제 때 츠키미나 팬지가 '호스에게 멋진 추억'을 만들어 주었듯이, 나는 '라일락에게 멋진 추억'을 만들어 주고 싶었다.

이번에야말로 히마와리와 라일락을 '친구'로 만들어 주고 싶었다.

"하지만 나는…."

아직 마음속으로 정리가 안 되었는지, 라일락은 손을 꼭 움켜쥐었다.

그 태도로 충분히 전해진다.

분명 라일락도 히마와리와 친구가 되고 싶다.

하지만 자기 안에 있는 자존심의 벽이 방해해서 아무래도 전진할 수 없다.

"그건… 어려워…."

하아…. 역시 나로는 여기까지가 한계인가….

그럼 얌전히 포기하고 도움을 받도록 할까….

“죠로! 왜 라이를 괴롭혀!”

그 벽을 마구잡이로 박살 내는, 멋대로 구는 소녀에게.

아니, 와 준 건 고마운데, …말이 좀 이상하지 않아?

왜 그렇게 화내듯이….

“아니, 히마와리. 나는 딱히 라이를 괴롭힌 게….”

“그럼 왜 라이가 풀 죽었어?! 알아? 풀 죽으면, 다른 사람도 풀 죽어! 그러니까 괴롭히면 안 돼!”

자기 이야기를 쏙 빼놓고 말하는 게 아주 세계 최고 클래스다.

어제까지 완전히 풀 죽어 있던 게 누구더라?

“히, 히마, 아냐…. 나는 딱히 풀 죽은 게….”

“아닌 게 아냐! 라이, 기운 없어! 난 모두와 즐겁게 있는 게 좋아! 그러니까 라이도 스마일! 미소야, 미소! 이힛!”

방긋방긋 천진난만한 미소로 라일락의 곁으로 다가가는 히마와리.

초등학생 때부터 성장하여 라일락이 훨씬 더 클 텐데, 왜인지 지금은 히마와리 쪽이 커 보였다.

“아, 아하하하…. 이, 이런 느낌일까?”

“우우~! 라이, 하나도 안 웃잖아! 기운 없어!”

라일락이 억지로 웃어 보였지만, 그걸로는 납득이 가지 않는 모양이다.

콧김을 내뿜으면서 노골적으로 불만이라는 표정을 지었다.

"아! 그래! 그~거~라~면~"

히마와리가 뭔가 떠올렸는지, 신이 난 태도로 라일락에게 더 다가갔다.

그리고 팔을 크게 펼치더니….

"히마와리 파워, 충~전!"

라일락을 힘껏 껴안았다.

"에헤헤! 어때, 기운 났어?"

껴안으면서 근거 없이 자신만만한 미소로 라일락을 바라보는 히마와리.

거기에 대해 라일락은….

"아하… 아하하! 역시 원조는 다르네~"

부드러운 미소를 지으면서 그렇게 말했다.

"아! 라이, 기운 났다! 와자!"

그 미소는 히마와리가 보고 싶은 미소였겠지.

자기도 기쁜 듯이 웃음을 지으며 라일락의 몸에 자기 얼굴을 비볐다.

"저기, 히마…. 뭣 좀 물어봐도 돼?"

"응? 왜 그래, 라이?"

라일락을 껴안은 채로 고개를 갸웃거리는 히마와리. 분명 이 녀석은 라일락이 자기를 어떻게 생각했는지 전혀 모르는 거겠지.

하지만 그거면 된다. 생각하고 행동하는 건 히마와리에게 어울리지 않아.

"히마는 모두의 중심에 있고 싶다고 생각한 적 있어?"

계속 히마와리를 동경하고… 히마와리가 되려고 한 라일락이기에 나오는 질문이다.

"으음, 죠로랑 같이 있고 싶어! 또 라이랑 도서실 사람들하고 같이 있고 싶어! 거기가 제일 즐거우니까! 내 한가운데는 모두가 있는 곳이야!"

어이어이, 엉뚱한 대답이잖아. …하지만, 그래.

히마와리는 항상 그랬다. 딱히 모두의 중심에 있으려고 한 게 아니다.

그저 즐거운 곳에 있고 싶을 뿐. 즐거운 곳을 만들고 싶었을 뿐이다.

"…그래. 그렇구나! 히마는 그런 아이야!"

"응! 나는 그런 아이야!"

그러니까 히마와리의 주위에 모두가 모였다.

거기가 즐거운 곳이라는 걸 알았으니까….

"역시 대단하네…. 나 같은 것보다 훨씬 대단해…."

"그렇지 않아, 라이!"

"…어?"

"라이는 나보다 훨씬 더 똑똑하고, 훨씬 더 착하고, 훨씬 더 예쁜 여자야! 그러니까 라이 쪽이 대단해!"

"내가 대단해? 히마보다?"

"응! 그래!"

"그런가…. 그랬구나…."

히마와리를 동경해서, 히마와리를 이기고 싶어서, 히마와리가 되려고 한 라일락.

바로 그 히마와리가 자신을 인정해 주었다. 자기가 제일 원하던 말을 해 주었다.

그것이 라일락의 안에 있는 자존심의 벽을 산산이 파괴하고,

"나는 대단한 사람이 되었구나!"

천진난만하지만, 부드럽고 자상한, 라일락만이 할 수 있는 미소를 만들어 냈다.

"아하하…. 그럼… 나랑 히마는 1승 1패네!"

"응! 나랑 라이는 일승일패!"

"일생, 잔뜩[*] 친해!"

"…어? 히마?"

※일생, 잔뜩 : '일승일패'와 일본어 발음이 비슷한 것을 이용한 말장난.

"에헤헤! 즐거워! 기뻐!"

설마 히마와리 녀석… 스노보드로 졌을 때, 이상하게 기쁜 듯이 말한 건… 그런 의미였나? 참나, 역시나 자칭 '조금 바보'로군….

"아니! 히마! 하지만 그래…. 평생, 계속…. 나랑 히마는 평생 계속 친구! 계속 소중한 **친구**야!"

겨우 들었다…. 내가 수학여행에서 제일 듣고 싶었던 말을.

지금까지 한 번도 말하지 않았으니까. 히마와리에게 '친구'라는 말을….

"그러니까 그런 히마에게 복수로…."

"응? 왜 그래?"

그리고 이번에는 라일락이 팔을 크게 펼치더니,

"라이 파워~! 충~전!"

히마와리를 힘껏 껴안았다.

"와! 라이, 대단해! 나, 기운 났어!"

"그렇지? 나는 대단하니까!"

사이좋게 떠드는 히마와리와 라일락.

너무 시끄럽게 구는 바람에 레스토랑의 주목을 꽤 모았다.

하지만 됐어. 문제의 본인들이….

"히마, 오후에도 경주하자! 이번에는 내가 앞설 거니까!"

"좋아! 나도 안 질 거니까!"

아주 즐거운 모양이니까. 뭐, 이런 식이면… 아마 괜찮겠지?

"라이, 이제부터 말야…."

"응! 나도 그쪽이 좋아! 제대로 친해지고 싶으니까! 죠랑 히마의 소중한 사람들과!"

내가 끝까지 말하기도 전에 대답을 하는 라일락.

"알았어. 그럼 모두를 불러 올게!"

자리에서 일어서서, 우리와는 다른 자리에 앉아 있는 녀석들에게 향하는 나.

아마도 우리가 여기에 있다는 걸 알았던 거겠지.

한 자리에 전원이 다 집합해 있잖아.

그러니까 거기 도착하는 동시에 나는….

"기다리게 해서 미안해! 수학여행 셋째 날, 오후의 스키, 스노보드는 다 같이 타자!"

이런. 그만 녀석들의 텐션에 휘말려서 크게 소리쳤다.

…뭐, 됐어! 즐거우면 아무래도 좋아!

"죠로도 참…. 그렇게 열렬하게 말하면 부끄러워…."

"정말이야, 죠로! 나도 같이… 해냈어… 해냈어어어어!"

"나, 나도?! …그, 그래! 죠로와 같이 타는 게 좋아! 같이 탈래!"

"음. 나도 모두와 함께 놀고 싶달까. 아직 라일락과 전혀 이야기하지 못했고."

"좋아! 히이라기! 우리가 오전 중에 익힌 필살기를 보여 주자!"

"보여 주는 거다~! 모두와 타는 것이다~! 아주아주 즐거워~!"

"우후웃! 저와 타고 싶다니, 키사라기 선배는 진짜로 솜털바라기로군요~!"

내 제안에 웃으면서 대답해 주는 최고의 동료들.

아슬아슬했지만, 그래도 늦지 않아서 다행이야.

지금부터가 진짜의 진짜다. 만들고 싶잖아?

라일락과… 도서실의 모두와의 '즐거운 추억'을!

자, 이걸로 문제는 모두 해결되었다고 생각하겠지만, 그렇지 않다.

사실은 또 하나… 딱 하나 커다란 문제가 남아 있어.

그러니까 지금부터 그걸 해결…할 수 있을지 모르지만, 한 걸음 나아가자. 라일락에게 그렇게 말해 놓고서, 내가 근성을 보이지 않으면 꼴사나우니까….

천천히 좌석에 앉는 한 소녀를 바라보는 나.

그리고 아주 약간의 긴장과 함께,

"아스나로. 전부 네 덕분이야. 정말로 고마워…."

그 소녀… 아스나로에게 감사의 말을 했다.

이렇게 내가 아스나로에게 말을 붙이는 게 얼마 만이더라?

요란제의 등화식 이후로 나는 한 번도 아스나로에게 말을 붙이지 못했다. 가끔씩 아스나로가 말을 걸어오는 일은 있었지만,

그건 필요최소한.

이번 수학여행 중에도 내가 '히마와리 부활 대작전'을 실행하려 하고, 아스나로가 그걸 저지할 때밖에 우리는 말을 하지 않았다.

당연하다. 우리의 인연은 깨졌으니까….

"……! 후훗. …오랜만에 말을 걸어 주었네요!"

한순간 주저한 뒤 웃으면서 내 말에 대답하는 아스나로.

그 미소 안에 어떤 마음이 숨겨져 있는지 나는 모른다.

하지만 계속 이대로 깨어진 상태로 있고 싶지 않다. 그렇기 때문에 조금씩, 아주 조금씩이라도 좋으니까 전진하자. 이게 그 첫 걸음이다.

"전부 잘 풀려서 다행이네요, 죠로!"

"나 혼자만의 힘이 아냐. 그러니까 아스나로에게는 정말로 감사하고 있어…."

분명 히마와리를 회복시켜 준 것은 이 녀석이겠지.

혹시 아스나로가 없었다면 지금쯤….

"그거라면 탄포포에게도 말해 주세요. 제일 큰 공로자니까요!"

"뭐, 뭐어? 탄포포?"

"음! 왠지 키사라기 선배에게 칭찬을 들을 수 있을 것 같습니다! 그러면 칭찬하면서 귀여워해 주세요! 얼른, 얼른!"

왠지 머리를 마구 들이대는데. 아주 짜증난다.

평소라면 귀찮다고 쳐 냈겠지만….

“그렇습니다! 죠로는 탄포포를 칭찬하고 귀여워해 줘야 합니다! 자, 얼른!”

아스나로가 이렇게까지 말하니까.

“아, 알았어… 어어, 잘했다, 탄포포. 귀여워.”

어쩔 수 없으니까 바라는대로 머리를 쓰다듬으면서 말해 주었다.

“…이러면 됐어, 아스나로?”

“네! 완벽합니다!”

하지만 탄포포가 제일가는 공로자라고?

설마 썬이 말했던 ‘든든한 타자’라는 건….

“우흐흥~~ 우후후후훗….”

아니, 설마.

이 바보가 히마와리의 고민을 해결해 주는 일은… 아마도 없겠지?

“죠로! 얼른 와! 나, 오후에도 잔뜩 놀고 싶어!”

“죠! 우리는 준비 다 됐어! 안 오면 두고 갈 거니까!”

내가 안 돌아오니까 꽤나 보채는 히마와리와 라일락.

얼른 놀러 가고 싶은 모양인지, 둘이서 나란히 가만히 못 있겠다는 듯이 이쪽을 보고 있었다.

“…알았어! 지금 갈 테니까 잠깐 기다려!”

그런 두 사람에게로 우리는 가볍게 발길을 옮겨서, 오후에는 라일락과 도서실 멤버 모두와 함께 스노보드를 즐겼다.

나를 좋아하는 건 너뿐이냐

에필로그

"오늘은 고마워, 죠로. 당신과 함께 놀아서 아주 즐거웠어."

"감사의 말은 필요 없어. …그보다 미안했어. 이상한 일에 끌어들여서…."

스키, 스노보드 교실을 마치고 코호 료칸에 돌아온 나는 저녁 식사 전의 시간에 팬지와 둘이서 대화를 했다. 참고로 어디서 이야기하느냐 하면….

"괜찮아. 이렇게 죠로의 방에도 놀러 올 수 있었고. 후후훗."

수학여행에서 정해진 내 방이란 말이지….

원래는 썬이나 아루후와, 그리고 베에타가 있어야 하는데, **어째서인지 우연히** 세 사람 다 친구 방에 놀러 가서 부재중인 틈을 타 팬지가 찾아온 것이다.

저녁 식사 후의 취침 시간에 오는 것보다는 훨씬 나으니까 깊게 캐묻지 않도록 하자.

"저기, 팬지…. 너는 처음부터 알고 있었지? 내 목적을…."

"처음부터라는 게 어느 타이밍인지는 모르겠지만, 코스모스 선배에게서 '라일락에게 멋진 추억을 만들어 준다'가 수학여행에서 죠로의 목적이라고 들은 시점에서 알았어. 당신이 히마와리와 라일락을 화해시키고 싶어 한다는 걸. …물론 코스모스 선배도 알아차렸어. 사잔카에게는 나랑 코스모스 선배가 설명해 뒀어."

예상대로 처음부터 이 녀석과 코스모스에게는 들켰나….

게다가 일부러 사잔카에게 설명까지….

“덕분에 살았어. 뒤에서 움직여 줘서 고마워.”

“후훗. 그렇다면 당신에게서 사례를 기대해도 좋을까?”

“읏! 아, 알았어….”

또 이상한 빚을 지고 말았군…. 하지만 팬지가 그걸 알고 뒤에서 움직이지 않았으면 이번 목적은 달성할 수 없었을지도 모르니 어쩔 수 없나….

그보다 사정을 거기까지 알았다면….

“혹시 너희 셋이서 히마와리를….”

“아냐. 우리는 어디까지나 계기를 만들었을 뿐. 우리가 무슨 말을 해도 히마와리는 자기와 비교하면서 제대로 이야기를 들어주지 않았을 테니까.”

그렇군. 결국 끝까지 히마와리의 고민의 정체를 알 수 없었지만, ‘든든한 타자’의 정체는 팬지, 코스모스, 사잔카가 아니었나.

그렇다면 역시 츠바키나 히이라기인가? 또는 아스나로가 꽤나 추천했던… 아니, 그럴 리는 없어. 그럴 리 있어선 안 돼. 좋아, 이 문제는 이걸로 끝.

내 수학여행에서의 목적은 무사히 달성되었다. 그거면 된다.

“이걸로 2학기 마지막 빅 이벤트는 끝…인가.”

다음은 기말고사를 치르고 잠깐 동안의 휴일을 보낸 뒤에 드디어 찾아온다.

2학기의 끝을 상징하는… 종업식이….

"그래…. 이제 곧 그때가 찾아와. 하지만 그 전에 하나…."

"응? 왜 그래, 팬지?"

"비밀이야. 이 문제는 다른 모두와 대화해서 결정하고 싶어."

또 특기인 비밀주의로군.

정말로 이 녀석은 거짓말은 전혀 하지 않는 주제에 숨기는 게 이상하게 많다.

"그럼 나는 슬슬 내 방으로 돌아갈게. 고마워, 죠로. 조금이라도 이렇게 단둘이서 보낼 수 있어서 기뻤어."

"그래, 그래…."

진짜로 팬지는 뭘 꾸미는 걸까….

※

수학여행 최종일.

많은 일이 있었던 수학여행도 드디어 끝날 때가 찾아왔다.

오늘 예정은 비행기를 타고 돌아가기만 할 뿐이지만, 그 비행기 탑승까지 꽤 시간 여유가 있기에 신치토세 공항에서 자유 시간을 보낼 수 있다.

그래서 내 현재 위치는 공항의 라운지. 선물 같은 것을 대충 샀으니 이제 탑승 시간까지 여기서 느긋하게 있을 생각이다.

다른 멤버들은 선물 구입 외에도 신치토세 공항을 구경 다니고 싶다면서 별개 행동.

그러니 나와 함께 있는 것은,

"으음! 역시 아마오우 크림빵은 최고야!"

좋아하는 아마오우 크림빵을 기분 좋게 입에 넣는 소꿉친구인 히마와리.

그리고 물론… 아니, 물론이라고 해도 되는지는 모르겠지만….

"아아! 오늘이면 너희가 돌아가는 건가~!"

일부러 전송하러 따라온 라일락이었다.

아무래도 올 거라고는 생각했으니까, 이 이상 뭐라고 하진 않겠어.

"괜찮아, 라이! 아마오우 크림빵을 먹으면 순식간에 기운이 나니까 슬프지 않아! 게다가 또 만나면 즐거워!"

여전히 영문 모를 히마와리 이론을 전개하며 여유만만해 보이지만, 어제 설산에서 '오늘로 마지막이니까 라이랑 더 놀래!'라면서 종료 시간이 다가와도 응석을 부리던 녀석이다. 역시 자기 이야기를 쏙 빼놓고 말하는 게 아주 세계 최고 클래스다.

"후훗. 그럴지도. 나한테도 나눠 줘서 고마워, 히마."

"아니! 아마오우 크림빵은 달달하고 폭신폭신… 다 같이 먹으면 더 맛있어지니까!"

"…그래. 후후, 그러네…."

이렇게 히마와리와 라일락이 진짜 의미로 친구가 되어서 다행이야.

"…그러고 보니 히마. 홋카이도 한정으로 파는 아마오우 크림빵 유바리 멜론 맛은 먹었어?"

"응! 달달하고 폭신폭신하고 주왁주왁해서 아주 맛있었어!"

어? 히마와리 녀석, 아마오우 크림빵 유바리 멜론 맛을 먹었어?!

첫날에 우리 조가 먹으러 가려고 했다가 실패했는데, 어느 틈에 먹었지?

부럽다…. 나도 조금 먹어 보고 싶었는데… 응? 저건….

"히마와리! 큰일입니다! 엄청난 정보를 입수했습니다!"

"응? 왜 그래, 아스나로?"

황급히 우리에게로 달려온 것은 아스나로였다.

뭔가 엄청난 정보를 입수했다고 하는데, 무슨 소리지?

"여기 신치토세 공항에서 아마오우 크림빵 유바리 멜론 맛을 판다는 얘기를 들었습니다! 히마와리는 하나밖에 안 먹었죠? 그러니까."

"큰일이다! 많이 사야지!"

빠르다! 아스나로의 말을 끝까지 듣지도 않고 바로 일어섰어.

하지만 이건 기쁜 정보로군. 그럼 나도 같이 사러… 어라? 왜인지 내 교복 자락을 라일락 씨가 붙잡고 있는데, 혹시 이건….

"고마워, 아스나로."

"이 정도는 식은 죽 먹기죠, 라일락."

작은 목소리로 대화하는 아스나로와 라일락. 완전히 아마오우 크림빵 모드에 들어간 히마와리는 그런 두 사람의 대화가 전혀 들리지 않는 모양이다.

…역시 그런 건가.

"아스나로, 어딘지 가르쳐 줘! 아마오우 크림빵 유바리 멜론 맛은 내가 사 주지 않으면 가엾어!"

"물론입니다! 아직 시간에 여유는 있습니다만, 서둘러 가죠!"

"응! 죠로, 라이! 나 잠깐 다녀올게!"

"그래, 알았어."

"OK! 다녀와, 히마!"

순식간에 아스나로와 함께 아마오우 크림빵 유바리 멜론 맛을 사러 달려가는 히마와리.

그리고 남겨진 나와 라일락 말인데….

"후훗! 역시 히마의 약점은 이거야! 작전 대성공!"

아무래도 라일락은 아스나로에게 부탁해서 나와 히마와리를 떼어 놓은 모양이다.

"다행이군. 어제는 실컷 실패했지만, 오늘은 성공해서."

"그렇지? 라이는 나날이 성장하고 있습니다!"

어딘가 자랑스럽게 가슴을 펴는 라일락.

…그런데 왜 라일락은 이제 와서 나랑 단둘이 되고 싶어 하는 거지?

오히려 히마와리와 함께 있고 싶을 것 같은데….

"고마워, 죠. 나에게 '멋진 추억'을 만들어 줘서…. 어제는 정말로 즐거웠어. 히마만이 아니라 다른 애들과도 친구가 되어서."

지금까지의 천진난만한 태도가 아니라 부드러운 표정에 차분한 태도.

그것은 삿포로 시계탑에서 만났을 때의, 자기 정체를 감추던 라일락을 떠올리게 했다. 어쩌면 이게 '지금' 라일락의 진짜 모습일지도.

"아니, 그거라면 나도 마찬가지야. 라이가 있어 준 덕분에 나도 즐거웠으니까."

"그렇게 말해 주니 기뻐."

이런…. 라일락은 진짜 팬지에 필적하든가 그 이상의 미인이다.

그런 여자애가 예쁜 미소와 함께 가만히 바라보고 있으니… 역시나 두근거리는군.

아니, 냉정해져! 라일락은 내게 딱히 어떤 마음도 없어.

그저 초등학생 때의 히마와리에 대한 대항 의식으로….

"하지만 죠는 아직 내 부탁을 달성해 주지 않았거든?"

"어?"

"내 '즐거운 추억'은 끝나지 않았거든?"
"무슨 소리야?"
이해가 안 가는데…. 왜 수학여행의 마지막 순간에 라이는….
"실은… 어제 죠의 이야기 중에서 죠가 착각한 게 딱 하나 있어."
"내가 착각한 것?"
"나의… 진짜 죠에 대한 마음이야."
뭐? 나에 대한 마음이라고요?
"아니, 라이는 나에게 아무런 마음도 없다고…."
"응. …**초등학생 때에는**."
"아니!"
잠깐만…. 그건 설마….
"집안 사정으로 죠와 멀어지게 된 뒤에, 나는 히마가 되려고 애쓰면서 스스로를 바꿨어. 덕분에 친구도 많이 생기고 인기도 생겼어. …하지만 계속 가슴속에 구멍이 뻥하고 뚫린 기분이었어. 그래서 깨달았지. …내가 좋아하는 사람을."
진짜냐…. 그럼 지금의 라일락은….
"그래. 나는 정말로 죠를 좋아해."
마지막 순간에 엄청난 것을 터뜨렸다!
거짓말이지? 라일락이, 나를….
"그러니까 다시 한번 물을게? 히마에게 이기기 위해서가 아냐. 내가 내가 되기 위해서도 아냐. 나는 죠를 좋아하니까….”

온화하게, 하지만 어딘가 선정적인 눈동자로 나를 바라보며, 부드러워 보이는 입술을 천천히 움직이는 라일락. 그리고 나온 말은….

“나를 죠의 연인으로 삼아 줘.”

이번에야말로 진짜 고백이었다.

솔직히 말해서 기쁘다. 그 마음에 거짓은 없다. 하지만….

“미안, 라이. 나는 네 마음에 응할 수 없어.”

“응…. 알고 있어….”

처음부터 알고 있던 규정 사항인 것처럼 슬픈 표정을 하는 라일락.

왜지? 알고 있었잖아? 그런데 왜 이런 추억을 마지막에….

“저기, 나는 모두와 약속을 했으니까….”

“아니잖아?”

“뭐?”

“죠가 내 마음을 거절한 것은 모두와의 약속이 있어서가 아니잖아?”

“윽!”

그렇다…. 그 말을 듣기 전에는 깨닫지 못했지만, 설령 나는 모두와의 약속이 없었다고 해도 라일락의 마음에 응하지 않았겠지.

"그래, 맞아…."

"후후…. 그래."

내 대답에 라일락은 만족했는지, 방금 전까지의 슬픈 미소가 아니라 어딘가 달관하여 어른스러운 여유가 느껴지는 미소를 보였다.

"그럼 다음 말을 하도록 할게."

"다음 말?"

"마음이 닿지 않았던 상대와 마음을 받아 주지 않은 상대 사이에는 커다란 골이 생겨. 연인이 안 되었으니까 앞으로는 친구로… 같은 것은 받아 주지 않은 쪽으로서는 너무 유리한 전개잖아?"

"…그렇지."

호스도 체리도 서로를 싫어하는 건 아니지만, 커다란 골이 생겼다.

그리고 나와 아스나로 사이에도 역시나 커다란 골은 아직 존재한다.

아니, 그것만이 아니지. …앞으로 내게는 더 많은….

"그러니까 적어도 그렇게 되지 않기 위해서, 조금이라도 상처 주지 않기 위해서, 간접적으로 끝내기로 하는 때도 있어. …이를

테면 자기가 좋아하는 사람에게만 마음을 전하고, 다른 이에게는 아무런 대답도 않고, 그 사람과 연인이 된다든가…."

"아니, 하지만 그건…."

"응. 나는 그런 방법이 싫어. 아무리 상대와 골이 생기더라도, 아무리 상대를 상처 주게 되더라도, 제대로 끝내야 한다고 생각해. …그런데 죠는 '2학기가 끝날 때에 한 사람에게만 마음을 전한다' 뿐이야?"

"…아!"

그런가…. 그런 건가….

라일락이 하고 싶은 말을 이해했다. 혹시 내가 지금 약속대로 '2학기가 끝날 때에 한 사람에게만 마음을 전한다'를 시행하면, 다른 녀석들은 어떻게 되지?

그저 아무 마음도 전해지지 않은 채로 어정쩡한 상태가 되어서… 지금 라일락이 말했던 일이 일어난다….

"초등학생 때의 죠는 용기가 없는 사람이었어. 그러니까 그 씰도난 사건에서 자기를 지키는 데에 급급해서 나를 버렸지? 하지만 지금의 죠는 그렇지 않아. 나에게 확실히 사과해 주었고 속죄하고 싶다고 말해 주었어. …그러니까 내게 증명해 줘. 죠가 분명히 용기 있는 사람이 되었다고."

그러고 보면 수학여행 전에 체리도 말했지.

'…네. '2학기가 끝날 때에 한 명에게만 마음을 전한다'고 약속

했습니다.'

'어! 그런 약속이야?!'

'으음…. 그건 안 된다고 생각하지만… 뭐! 죠로찌네가 그렇게 정했다면 내가 괜한 소리해선 안 되겠지!'

체리는 깨닫고 있었다. 우리의 약속에 있는 커다란 결점을….

"라이. 설마 너는 내게 그걸 깨닫게 하려고…."

"과연 어떨까요? …하지만 다시 한번 말할게. 아사히야마 동물원에서 전했던 나의 '즐거운 추억'에 필요한 것을."

지금부터 라일락이 무슨 말을 할지, 그것은 충분히 이해되었다.

"죠는 수학여행에서 내게 '즐거운 추억'을 만들어 주는 거지? 나를 위해 애써 주는 거지? 그러면 죠가 다른 여자애들과 한 약속 말인데…."

그때와 한 마디 한 구절 틀림없이, 라일락의 입술이 천천히 움직였다.

요염한 눈동자가 나를 바라보고, 아름다운 표정인 채로, 단적인 말을 던졌다.

"그거, 취소해 줘."

그렇지…. 그렇게 말할 줄 알았어….

체리도 몇 번이나 호스에게 도전했다가 거절당했다고 말했다. 아스나로도 우발적이긴 하지만, 마지막에 내게 마음을 전했고 나는 그걸 거절했다.

아무리 상처 주는 일이라도 그건 필요한 일이다.

“자, 문제입니다. 죠는 내게 뭐라고 대답할까요?”

뭐라고 답할지는 뻔하다.

나는….

“   ”

“정답. 백점 만점이야.”

내 대답을 듣고 라일락은 부드러운 미소와 함께 그렇게 말해 주었다.

※

"휴우! 겨우 돌아왔네, 죠로!"

오후 5시, 신치토세 공항에서 비행기를 타고 하네다 공항에 도착.

옆에는 공항에서 사 온 아마오우 크림빵 유바리 멜론 맛을 먹는 히마와리가 있다.

정말로 이제 끝이군….

"있잖아! 죠로는 마지막에 라이랑 무슨 이야기 했어?"

"응? 아… 그거 말인가…."

히마와리는 나와 라일락의 대화가 딱 끝나는 타이밍에 돌아왔으니까 모르는군. 우리가 무슨 이야기를 했는지를.

…자, 수학여행은 이제 거의 끝난 거나 마찬가지.

하지만 해야 할 일이 하나 더 생겨 버렸다.

하고 싶지 않은 마음이 있기는 하지만, 그래도 확실히 해야겠지….

"저기, 히마와리. 여기서 잠깐 기다려 주겠어? 라이랑 무슨 이야기를 했는지는 다른 애들도 온 뒤에 가르쳐 줄 테니까."

"응? 알았어! 그럼 나 여기서 기다릴게!"

귀여운 발걸음으로 공항에 비치된 의자에 앉아서 웃으며 크림빵을 먹는 히마와리.

그런 소꿉친구의 모습을 확인한 뒤에, 나는 어느 인물들에게로 향했다….

"일부러 모이게 해서 미안. 팬지, 코스모스, 히마와리, 사잔카."

내가 말을 붙여서 모이게 한 것은 이 네 사람.

그 시점에서 다들 뭔가 중요한 이야기가 있다고 알아챘겠지.

히마와리조차도 어딘가 진지한 표정으로 가만히 나를 바라보았다.

"괜찮아. 모처럼 죠로가 부탁한 거니까 거절할 리 없잖아."

"그래. 우리에게 중요한 이야기가 있다고 하면 오지 않을 수 없어."

"나도! 죠로의 중요한 이야기, 확실히 들을 테니까!"

"그래! 그, 그래서, 이야기란 게… 뭐야?"

사잔카가 꽤나 걱정하는 눈동자로 나를 가만히 바라보았다.

이제부터 내가 할 말은 어쩌면 이 녀석들에게 안 좋은 이야기일지도 모른다.

그런 짓은 하지 말아 달라고 할지도 모른다.

"으음, 우리가 한 약속 있잖아? '2학기가 끝날 때에 한 명에게만 마음을 전한다'라는 것. 그 약속 말인데…."

하지만 나는 라일락의 부탁을 들었으니까….

이쪽에 돌아왔다고 그 말을 거짓말로 만들 수는 없지.

그러니까 아무리 슬프게 만들더라도, 아무리 상처를 주게 되더라도,

"그거, 취소해 줘."

하기로 결심했으면 한다. 그것이 내 모토다.

"…자세히 말해 줄 수 있을까?"

내 말을 예상했던 걸까, 모두 어딘가 차분한 기색이었다. 그런 가운데 네 사람을 대표해서 내게 질문한 것은 팬지.

마치 정말로 중요한 것은 이제부터라고 말하는 듯한 태도다.

"그게 아니었어…. 한 명에게만 전하면 안 되는 거였어…."

혹시 내가 '특별히 좋아하는 여자'에게만 마음을 전한다면 다른 애들은 어떻게 될까?

"모두는 내게 마음을 전해 주었어. 그건 정말로 고마운 일이고 기쁜 일이라고 생각해. 하지만 그 대답을 한 명에게만 하는 건 내게 너무 유리한 거지. …그러니까 새로운 약속을 하게 해 줘."

"새로운 약속?"

코스모스가 살짝 떨리는 목소리로 내게 물었다.

"그래. 확실히 끝을 맺기 위한 새로운 약속이야."

그저 결과를 보게 된다.

그런 것은 여자에게 최악의 전개다. 그러니까 설령 내게 불리하더라도 지금까지 마음을 부딪쳐 온 여자들에게 성의를 가지고 대해야 한다.

그걸 위한 새로운 약속. 그것은….

"'2학기가 끝날 때에 모두에게 마음을 전한다'. 그게 새로운 약속이야."

물론 전원에게 같은 대답을 전하는 게 아니다.

단 한 명… 단 한 명에게만… 나는 '좋아한다'는 말을 전한다.

그리고 다른 아이들에게는 마음에 응해 줄 수 없다고 전한다.

그러지 않으면 전진할 수 없을지도 모르니까…. 시간이 해결시켜서는 안 된다. 언제 끝날지 모르는 마음을 품게 할 수는 없다.

""""""……."""""

내 말에 네 사람은 아무런 대답도 하지 않았다. 그저 조용히 침묵할 뿐.

하지만 그로부터 아주 잠깐의 시간이 지나자,

"좋아! 나, 그 약속이 좋아! 이전 약속은 취소하고 지금 약속으로 할래!"

누구보다도 먼저 사잔카가 그렇게 말했다.

"응! 나도 좋아! 죠로가 그러고 싶으면, 그러는 편이 좋아!"

이어서 말한 것은 히마와리. 평소의 천진난만한 미소와 함께 불끈 주먹을 쥐었다.

“나도 두 사람의 의견에 찬성할게. 죠로가 어떤 대답을 나에게 전할지는 몰라. 하지만 그 대답을 나는 확실히 받아들이겠어.”

평소의 소녀틱 풀파워의 태도가 아니라 든든한 학생회장으로서의 씩씩함을 띤 코스모스가 어른스러운 미소를 보였다.

이걸로 세 사람에게 승낙을 받아 냈다. 남은 건 팬지인데….

“후훗. 그렇게 걱정하는 얼굴로 나를 바라보다니, 왜일까?”

제법이로군…. 진짜로 이 녀석은 보통내기가 아닌 여자야.

“물론 상관없어.”

“그렇게 말해 주다니 기쁘군.”

이거면 됐지, 라이?

고마워…. 내 잘못을 가르쳐 줘서….

“있잖아, 죠로. 대신이라고 하기는 그렇지만, 우리도 한 가지 제안을 해도 괜찮을까?”

“응?”

뭐지? 왠지 네 사람이 나란히 생글생글 웃으면서 나를 바라보는데….

“후후…. 간신히 그 이야기로 들어갈 수 있겠네.”

“정말이야! 죠로! 말해 두겠는데, 너만 할 말이 있는 게 아니니까!”

“에헤헤! 죠로의 약속, 들었어! 그러니까 우리의 부탁도 들어 줘!"

어어, 어떻게 된 거지? 나는 약속을 새롭게 맺는 것으로 끝이라고 생각했는데…. 여기서 또 뭔가가 있어?

"수학여행은 끝났어…. 이걸로 2학기의 행사는 모두 끝…. 그러니까 마지막으로 죠로가 들어주었으면 하는 부탁이 있어…."

네 사람을 대표해 팬지가 꽤나 명료한 목소리로 내게 부탁을 전했다.

그 모습은 땋은 머리에 안경 상태인데도 불구하고, 진짜 모습에 필적하든가 그 이상의 매력을 띤 것으로 느껴졌다.

"하루면 돼…. 우리와 각각 단둘이 되는 시간을 만들어 줘."

"어? 그 말은…."

"착각하지 말아 줘. 딱히 안 되었을 때를 위한 마지막 추억으로 삼기 위한 부탁은 아냐. …오히려 반대. 당신에게 원하는 대답을 들을 수 있기 위해서, 단둘만의 시간을 만들어 줘."

그런 거냐…. 분명히 요란제의 마지막에 사잔카도 '내 마음을 바꾼다'라고 말했는데, 설마 그걸 전원이 하려고 들다니….

"죠로. 네 마음이 지금 어떤지는 내게 중요하지 않아. 중요한 건 지금부터야! 앞으로 네 마음이 내게 향하게 하겠어! 그러니까 부탁할게. 우리 부탁을 들어줘."

"죠로! 나 말이야, 알고 싶은 게 아직 많아! 그러니까 그걸 가르쳐 줘! 더 죠로를 공부!"

"시, 시간이 없어도, 나는 끝까지 포기하지 않아! 그러니까 죠로! 네 대답을 아직 정하지 마! 반드시 바꾸고 말 테니까!"

팬지의 말이 끝나는 동시에 각자의 마음을 말하는 세 사람.

정말로… 왜 이런 대단한 녀석들이…. 하지만….

"알았어. 종업식까지는 너희와 각각 단둘이 보내는 시간을 만들게. 마침 수학여행의 사례도 하고 싶었고. …이거면 될까?"

"그래. 충분해."

내 대답에 만족했는지 네 사람은 각자 아름다운 미소를 지으며 끄덕였다.

분명 내가 이 네 사람이 모여 웃는 것을 보는 건 이제 마지막이겠지.

앞으로 모두와의 추억은 만들 수 없다.

지역 대회 결승전 이후처럼, 모두가 사이좋은, 모호한 끝은 찾아오지 않는다.

그래도 나는 나아가자. 라일락이 증명해 달라고 했으니까.

내가 분명히 용기 있는 사람이 되었다는 것을….

12권 끝

◈작가 후기◈

안녕하세요, 애니메이션이 드디어 시작되어서 텐션이 비교적 높은 라쿠다입니다.

이번 이야기는 바로 홋카이도! 11권 후기를 기억하는 분이 계실지 모르겠습니다만, 한 차례 홋카이도에 가려다가 강제 귀환하게 되었던 저입니다만 질리지도 않고 두 번째로 도전하여 무사히 홋카이도의 대지에 발을 디딜 수 있었습니다. 해냈다.

뭐, 저의 홋카이도 이야기는 이 정도로 하고, 드디어 시작된 애니메이션 이야기라도.

아마도 지금 시점(2019년 10월 10일)이면 2화까지 방영되었을까요.

그리고 OP 영상도 해금되었겠죠. 눈치 빠르신 분은 '이 정도까지 하는 거야?'라고 깨달으셨을지도 모르겠습니다. 그렇습니다, '거기'까지 합니다.

아직 밝혀지지 않은 그 캐릭터나 그 캐릭터의 성우도 정말로 호화로워서… '어?! 이런 사람이?!'라고 제가 진짜로 놀란 성우도 계시니까, 그쪽도 기대해 주셨으면 합니다.

그런고로 이번에는 그런 레코딩 이야기라도.

개인적인 볼거리랄까, 들을거리는 성우분들의 적극적인 연기로군요.

야마시타 씨의 죠로. 딴죽은 거의 전부 애드리브로 해 주셨습니다. '어떻게든 재미있게'라고 부탁했더니, 상상 이상으로 아주 재미있게 만들어 주시는 훌륭한 기술이로군요.

매주 격하게 오르내리는 연기만 하시기에, 목과 정서에 문제가 생기는 게 아닌지 걱정스럽고 걱정스러웠습니다.

또한 야마시타 씨만이 아니라 다른 분들의 연기도 상당한 애드리브가 들어갔습니다.

때로는 실수해 버린 대사가 '재미있으니까 그대로 가자'라고 정식 채용되는 일도 있습니다. 정말로 이런 멋진 성우분들이 맡아 주셔서 감사합니다.

'우치다 유우마 씨, 바카본의 아빠가 되다', '토마츠 하루카 씨, 아크에리온 탑승' 등, 그 외에도 재미있는 일화가 많이 있고, 그쪽 이야기도 가능하다면 하고 싶습니다만, 후기는 3페이지로 해 달라는 의뢰가 왔기에 또 다음 기회에라도.

그럼 감사 인사를.

12권을 구입해 주신 독자 여러분, 항상 함께해 주셔서 감사합니다. 다음 이야기는 이번에 별로 활약하지 못했던 그 아이들이 대활약! …할 예정입니다.

브리키 님, 양면 그림, 정말로 감사합니다. 언젠가 하자, 언젠가 하자고 생각하면서 묵히고 묵혀서 12권에서 부탁드렸습니다.

담당 편집자 여러분, 이번에도 많은 조언 감사합니다. 라일락의 캐릭터나 비주얼을 어떻게 할까 등의 여러 문제를 함께 생각해 주셔서 정말 고마웠습니다.

애니메이션도 코미컬라이즈도 원작도 아직 더 키우고 싶은 마음입니다!

라쿠다

나를 좋아하는 건
너뿐이냐

나를 좋아하는 건 너뿐이냐 [12]

2022년 4월 10일 초판 발행

저자 라쿠다 | **일러스트** 브리키 | **옮긴이** 한신남
발행인 정동훈 | **편집인** 여영아
편집 팀장 황정아 | **편집** 노혜림
발행처 (주)학산문화사 | 서울특별시 동작구 상도로 282 학산빌딩
편집부 02.828.8838(전화), 02.816.6471(팩스) | **영업부** 02.828.8986(전화), 02.828.8890(팩스)
홈페이지 www.haksanpub.co.kr | **등록** 1995년 7월 1일 | **등록번호** 제3-632호

ISBN 979-11-348-9952-3 04830
ISBN 979-11-256-9864-7 (세트)

값 7,000원